水過無痕詩知道

白靈——著

【總序】
不忘初心

李瑞騰

　　詩社是一些寫詩的人集結成為一個團體。「一些」是多少？沒有一個地方有規範；寫詩的人簡稱「詩人」，沒有證照，當然更不是一種職業；集結是一個什麼樣的概念？通常是有人起心動念，時機成熟就發起了，找一些朋友來參加，他們之間或有情誼，也可能理念相近，可以互相切磋詩藝，有時聚會聊天，東家長西家短的，然後他們可能會想辦一份詩刊，作為公共平台，發表詩或者關於詩的意見，也開放給非社員投稿；看不順眼，或聽不下去，就可能論爭，有單挑，有打群架，總之熱鬧滾滾。

　　作為一個團體，詩社可能會有組織章程、同仁公約等，但也可能什麼都沒有，很多事說說也就決定了。因此就有人說，這是剛性的，那是柔性的；依我看，詩人的團體，都是柔性的，當然程度是會有所差別的。

　　「臺灣詩學季刊雜誌社」看起來是「雜誌社」，但其實是「詩社」，一開始辦了一個詩刊《臺灣詩學季刊》（出了四十期），後來多發展出《吹鼓吹詩論壇》，原來的那個季刊就轉型成《臺灣詩學學刊》。我曾說，這一社兩刊的形態，在臺灣是沒有過的；這幾

年，又致力於圖書出版，包括吹鼓吹詩叢、同仁詩集、選集、截句系列、詩論叢等，迄今已出版超過一百本了。

根據彙整的資料，2019年共有12本書（未含蘇紹連主編的3本吹鼓吹詩叢）出版：

一、截句詩系

王仲煌主編／《千島詩社截句選》

於淑雯主編／《放肆詩社截句選》

卡夫、寧靜海主編／《淘氣書寫與帥氣閱讀——截句解讀一百篇》

白靈主編／《不枯萎的鐘聲：2019臉書截句選》

二、臺灣詩學同仁詩叢

離畢華詩集／《春泥半分花半分》（臺灣新俳壹百句）

朱天詩集／《沼澤風》

王婷詩集／《帶著線條旅行》

曾美玲詩集／《未來狂想曲》

三、臺灣詩學詩論叢

林秀赫／《巨靈：百年新詩形式的生成與建構》

余境熹／《卡夫城堡——「誤讀」的詩學》

蕭蕭、曾秀鳳主編／《截句課》（明道博士班生集稿）

白靈／《水過無痕詩知道》

截句推行幾年，已往境外擴展，往更年輕的世代扎根了，選本增多，解讀、論述不斷加強，去年和東吳大學中文系合辦的「現代截句詩學研討會」（發表兩場主題演講、十六篇論文），其中有四篇論文以「截句專輯」刊於《臺灣詩學學刊》33期（2019年5月）。它本不被看好，但從創作到論述，已累積豐厚的成果，「截句學」已是臺灣現代詩學的顯學，殆無可疑慮。

「臺灣詩學詩論叢」前面二輯皆同仁之作，今年四本，除白靈《水過無痕詩知道》外，蕭蕭《截句課》是編的，作者群是他在明道大學教的博士生們，余境熹和林秀赫（許舜傑／臺灣詩學研究獎得主）都非同仁。

至於這一次新企劃的「同仁詩叢」，主要是想取代以前的書系，讓同仁更有歸屬感；值得一提的是，白靈建議我各以十問來讓作者回答，以幫助讀者更清楚更深刻認識詩人，我覺得頗有意義，就試著做了，希望真能有所助益。

詩之為藝，語言是關鍵，從里巷歌謠之俚俗與迴環復沓，到講究聲律的「欲使宮羽相變，低昂互節，若前有浮聲，則後須切響」（《宋書·謝靈運傳論》），這是寫詩人自己的素養和能力；一旦集結成社，團隊的力量就必須出來，至於把力量放在哪裡？怎麼去運作？共識很重要，那正是集體的智慧。

臺灣詩學季刊社將不忘初心，在應行可行之事上面，全力以赴。

【自序】
挽起流水的詩

白靈

　　這本書彙輯了二十七篇序文，其中二十三篇寫詩集、四篇則是詩選的序，是筆者繼《世界粗礪時我柔韌》（秀威版）後性質相近的第二本。其中論述到的作者群中，年齡最大的管管（1930-）近九十歲，最小的大陸小女詩人朱夏妮（2000-）才十幾歲，寫下第一首詩時她才十歲，出版第一本詩集才十三歲。他（她）們都是「超齡的詩人」，身上天生裝著敏度極強的震波測定儀，風來疏竹、風還未過而竹就已留聲，雁渡寒潭、雁尚未落而潭已留影，都無法做到「竹影掃階塵不動，月穿潭底水無痕」（雪峰禪師）的境地，他（她）們屬於「水過無痕心知道」的家族。

　　二十三篇專寫詩集的序文中就有八篇寫的是女性詩人，這幾位女詩人多數不是平媒經常出現的作者，而大半出沒在網媒上。15比8，約2比1的男女比例，也與主流平媒詩壇男極多女極少（7比1至10比1）形成很大的反差。這正反應了網媒時代發表園地的多元開放、群聚分歧，以及女力爆發、自由不受控、無意投入於男性掌持的傳統詩國中，但求「網過無痕詩知道」即好。

　　這些專寫詩集的序文中有五篇寫的竟是同一位作者，這還是筆者平生所僅為。這位詩人不曾在平媒和網媒上出現過，筆名山林，

本名張燦文，做過全國電子、震旦行等企業團體的總經理，雖年過八十，目前仍是一間有七十幾家連鎖分店的食品企業的掌舵者。過去寫傳統詩，六十歲後開始寫新詩，一寫二十載，中間經歷妻罹癌、自己腰椎開刀感染住院七個月、心臟換瓣膜等瀕臨死亡的重大傷痛，卻仍執筆不懈。即使臥床起不了身，依然拿鉛筆對空中紙張書寫。其對文字的執著和奮進不懈的精神，真非常人可比擬。

此書四篇寫詩選的序文，有三篇與小詩和截句有關，且分屬東南亞泰華、越華和緬華詩人們的詩選集，這是近幾年小詩運動和截句風潮的一部份，與台灣詩壇的關係密切。此部份卻常為兩岸主流詩人所忽視，卻是更庶民化、全方位化的大腦思維模式，乃「有框的無框化，有界的無界化」未來進程的必然趨勢，可惜為多數詩人所不見，只有拭目以待來日證明了。

此書的最末篇〈美的救火隊與合夥人——人機共詩時刻的來臨〉一文，是為「微軟小冰」軟體所「書寫」的詩選集《陽光失了玻璃窗》（台灣版，2017/07）撰述的序文。光由此軟體透過大數據和讀圖判圖的累積能力，寫得出這樣有創意的書名，和為數不少的佳篇，對人工智慧（AI）欲拉近冰冷理性的科技和柔軟感性的人文之可能，豈可小覷和漠視？此詩選集的書名「陽光失了玻璃窗」既指陽光也可不指陽光，既指玻璃窗也可不指玻璃窗，厲害的是在二無生命之物間加了個「有生命感」的「失」字，使大而恆久的陽光與小而易碎的玻璃窗之間產生了極大的張力，二者間遂有了極柔軟的互動和意涵，引發我們一連串對此二者有何可「失」的疑惑、詰問、乃至哲思。此書也為「微軟小冰」軟體立下了界碑，要昭告世人，AI要向詩國進軍了！

對於擁有的事物，人不一定珍惜，唯有對挽留不住、乃至流逝

無痕的諸多人間事、心裡藏、世間相等，不得不面對、生生見其從眼下失去時，心，往往才會痛、悵惘、最後默然以對。流水挽不起又有何妨？詩即心，水過無痕心知道，詩，也知道。

目次

永遠的管管
——管管詩畫集《腦袋開花：奇思花園66朵》序

　　每個人心中都該駐紮著這樣的管管，或大或小永遠的管管

　　這世上要是有什麼必不可少的詩人，管管必然是其一。他的詩絕、他的人絕、髮絕、衣絕、裝扮絕、表情絕、說話絕、唱腔絕、肢體動作絕，七十歲得子，絕。如今畫陶畫詩，佳作迭出，更是一絕。他對兩岸詩壇的詩人而言，永遠是站在高處準備為大家醍醐灌頂的那一位。

　　他之所以能為人所不敢為、寫人所不敢寫，不知道跟他九歲大了還在喝奶是否有關？母親早就沒奶水，他仍然吵著要，他媽媽只好背著他「到村子裡找有奶水的年輕媽媽，要來一碗香甜的乳汁」，卻又不肯承認那是他要的，他是「一村子的母親們」一起養大的！這使得他永遠是個如假包換的「赤子」，懂得在詩中蝶來蝶去，無人抓得住他飛翔的行蹤，不知道下一刻又弄出個什麼新花樣來。他是永遠熱情燃燒在山頭的杜鵑，是永遠會冒「綠色火焰」之新芽的楊柳。絕不誇張，再冰涼如湖面的聚會場合，有管管在，很快就有「火苗」蔓延，甚至「冒煙」，他永遠會站在春天的這一端，探頭摸索整齣人生，不管一生是如何冰冷如何苦。

　　像他那一代來臺的詩人一般，他十九歲被抓去當兵，也行過

中國大地、吃盡苦頭，青年歲月在金門槍林彈雨中逃過死劫，中年時在電影裡扮演配角遊戲人間、裝瘋賣傻，有若喝酒也吃肉的濟公；行年七十好幾又被「差點叫『管領風騷』」的小兒子「整個半死」，近年發了癲，「陶裡來」「畫裡去」，成果驚人。他的一生大概是兩岸三代詩人中「過『一首詩』」（瘂弦語）過得最過癮的那一位。

但他的苦，別人是看不見的，讀他的詩，一如讀他的人，永遠天真拙樸、以「逗樂萬事萬物」為其宗旨，詩行中充滿了生機、趣味、和笑淚，有著絕大多詩人都難以表現出來的幽默（humor）。幽默，不純然是一種喜劇形式，其中其實滲透著悲劇，它是「通過世人看得見的笑和他們看不見也不明白的淚來直觀生活」（別林斯基語），是交融滑稽的喜悅和深刻的悲哀於一起的，是意有所指地揭露不合理的事物和現象，是自嘲地將自身的缺點率真而風趣地「示眾」，然後愉悅輕鬆地「與之訣別」的方式。

他那一代詩人由於被迫自家鄉流離出去數千里、隔絕數十年，一生只好不停地借助詩創作「稀釋」那濃得化不開的鄉愁，這是下兩代詩人永遠難以深刻體認的。也因此管管「從不肯」與任何事物有「隔絕」、有「分別心」，包括詩中對春天、楊柳、月亮、青蛙、螢火蟲、小河、烏鴉、蚊子、蝴蝶、花朵……等等看似眼前事物的描述，其實隱含著童年家鄉每一吋泥土的記憶、和欲與之對話的企圖，他透過那些對話來推開時代強加予他的陰影，他借助對世間事物「一視同仁」之轉換視角的能力，來破除痛苦的情緒，以便負面事件轉化成為人人可接受的詩意。

因此當管管說「亂跑的蜜蜂是春天的鼻子」，他就是那春天的鼻子。當他說「戴眼鏡的魚兒／竟咬著綠頭髮的楊柳」，他就是那

魚兒。當他說「哥哥的眼睛也著火了／燒呀燒呀燒呀燒出／一座花轎來」，其實看新娘看到眼睛著火的是他。當他說螢火蟲「是挖夜這塊煤的礦工」，他就是屁股帶光的螢火蟲，當他說「他用剪刀剪下一塊藍色的海／想把它放在戈壁／敦煌說：『不可以，駱駝會生氣！』」，他就是硬生生被剪下的被「下放」的海。當他說雨中遠山「是張潑墨山水」，「被沖到小溪裡來了／只剩下一張雨濕了的宣紙／在半空中掛著」，他就是那張潑墨山水。當他說影子呀「熄燈之後你那兒都可睡」，他就是那影子。當他說「我要睡覺了／流星呀！把窗簾給我拉上／順便告訴一下蟾蛛先生／小聲選舉，不要吵」，他就是那發脾氣的流星。他不停地警醒我們對日子的不在意、輕忽、過度的緊繃卻又無能為力。

他的畫也如同他的詩，有「相同的脾氣」，線條勾勒自如、用色強烈大膽，包管讀者得心與腦「雙『管』齊下」，與之「一起大大地赤子之心」不可，否則他會忽焉出現在你背後，拊掌大笑：你的「幽默」還有「進步的空間」。

管管以他的詼諧「帶淚含笑超渡了」這世界，並讓人與萬物宇宙之間疏離隔閡的可怕魔咒，在他的詩與畫中自動崩解。

每個人心中都該駐紮著這樣的管管，或大或小永遠的管管。

拎著新疆出發的小詩人
——序朱夏妮詩集《初二七班》

這本詩集中最早的一首寫於2010年7月，那年她才10歲

一隻很早就自動學會展翅、離巢試飛的小鳥，是什麼樣的鳥兒？一個很早就對這世界皺起眉頭、眼底充滿疑惑和不解的小女孩，會是什麼樣的女孩？

世人視為理所當然的語言樣貌，在這位小女孩筆下和腦中被重新編織，她把她感受到的美與痛織在一處，成為這本詩集。對這位才十幾歲的小女生而言，詩，有時是她親手為自己安上的翅膀，隨時準備離地而去。詩，有時是她試著不願被處罰、不想被規訓所規訓的一種抵抗形式，是她掙扎著不要被社會制度硬生生植入晶片，她是個極有自覺的異類，甚至是異形。這位小女孩來自新疆，10歲開始寫詩，在大陸已出了詩集和小說，她叫朱夏妮。

出生在烏魯木齊的她，是一匹從小慣於縱轡馳騁的小牝馬，不，她是不服管的，她眼底裝滿新疆的大草原，她根本是不願被安上轡繩和座墊的小野馬。一直在那裡讀完小學的她，早已看慣大山大河大漠大草原，有誰還可以從她心中搬走這些自由和廣袤呢？

「中學之前」她寫的詩多與當時所處新疆的天與地有關，視域內所見有太多美妙的事物。「小學之後」她飛到廣州讀中學，眼睛

前後都是人，尤其進入制式的、競爭激烈、處處講究規則的教育體系後，她宛如被置放馬廄中，轉不過身。前後形成極大的反差，詩是她不得的抒發方式。她暫時失去了飛的能力，此時詩是她的四蹄、她的馬鞭，詩是她半夜揚高前蹄的嘶鳴，詩是她抽打四周高牆發出的清脆咻叫聲。

因此只有小學階段是她張眼看這世界時，最舒坦、輕鬆、偶覺孤獨的快樂時光，在詩中她多以寫景詠物的方式寫下她眼底的新疆，那其中儲存的，可能會是她一輩子最美的記憶。這本詩集中最早的一首寫於2010年7月，那年她才10歲，詩題就叫〈七月〉，前半段說：

> 七月的草原是這樣的
> 指尖幾乎都能摸到天空上
> 飄著像乾旱了的土地似的雲
> 天下面的綠海上
> 是羊群們組成的黑白色的船隻

視線夠遠無所阻擋時，天地接連的地平線上飄過的雲宛似就在腰幹以下，伸手彷若即可觸及，「乾旱了的土地似的雲」說的應是草原的大起大落，「綠海」有時、「乾旱」也有時，朱夏妮都經歷過，因此面對「綠海」美景時或許都有一點擔心。她「指尖」幾乎摸到的「雲」是救不了「乾旱了的土地」的雲，而「草原」能成為「綠海」、「羊群們」成了「黑白色的船隻」，寫的是場景夠壯大夠遙遠夠夢幻，有不真實的感覺。總之，朱夏妮把會動的雲寫成不動的土地，動得不大的羊群和草原說成船隻行過海景，就顯現了她

具有強烈形象思維和運作語言如畫筆的能力。

　　隔不到一年，她再寫的幾首詩也都是超齡的，如〈鳥鳴〉前半：

　　　　涼席剛鋪到床上的第一天晚上
　　　　窗外，一陣鳥鳴
　　　　連綿起伏
　　　　那聲音像硬幣掉在木地板上

　　　　像啃咬蘋果的牙齒觸摸紅白色果皮肉的聲音
　　　　像魚嘴伸向湖面吸氣的聲音

　　「鳥鳴」不好形容，她連用了五個比喻，所引是前三個，硬幣
掉地、啃咬蘋果、魚嘴吸氣，一個比一個細緻而越需倚靠觀察並想
像。其後是「高跟鞋踏向虛榮的大理石臺階」、「天使親吻孩子的
聲音」，一個誇張一個親密，正好把連綿起伏的鳥鳴聲，用想像的
起伏加以捉摸。又比如〈禮拜天〉：

　　　　禮拜天
　　　　教堂門前　傳來
　　　　聖歌聲　鳥兒在教堂
　　　　尖頂上飛
　　　　影子像波紋一樣散開
　　　　雲在移動
　　　　教堂也彷彿在飄著
　　　　有人向我微笑

笑容很漂亮
我把耳朵貼在古石牆上
只能聽到空氣流動的聲音
像寂寞的呼吸

　　鳥影「波紋一樣散開」，雲動「教堂也彷彿在飄著」，真是不可思議的描景手法，卻非全然想像，而是心因感動而生錯覺似的美感。這種感受又不好與人說去，只能將耳附牆，尋找倚靠，卻只聽到「寂寞的呼吸」，這是一個早熟、古怪而孤獨的女孩，她才11歲。
　　與上述二詩寫於同月份的〈賽里木湖畔〉是她寫詩「元年」最具動態之美的一首詩：

湖邊的沙是銀白色的
駿馬奔騰在湖邊
馬蹄濺起的水花
打在騎馬人的衣上
他毫不在意
任馬飛奔
時間在倒流
在馬的喘息中
馬的鬃毛和騎馬人的頭髮
一同飛翔

這首詩讓筆者想起惠特曼《草葉集》中的〈騎兵過河〉一詩，〈騎兵過河〉寫的是一支長長的騎兵隊伍策眾馬入河出河的過程，時而遠鏡頭時而特寫鏡頭，多半是慢行或停頓，末了過河後隊伍旗幟昂揚，整軍後再度出發。朱夏妮寫的是一騎、一瞬之美，更集中的定鏡頭，只專注人與馬飛奔時幾乎合為一體的動人畫面。地點是新疆的極西，幾乎與中亞哈薩克相連的賽里木湖畔。水花打在騎馬人身上，形容馬步伐之大，「時間在倒流／在馬的喘息中」，形容馬的速度在喘息之際即彷彿超前了時光，而人髮與馬鬃來不及跟上，像翅翼在追趕人臉與馬臉似的。此詩，不僅是人與馬合一，一旁觀賞的作者之眼也幾乎與其合一。她如此捕捉人事物的功力，令人訝然、驚異。

　　然而好景畢竟不常，上了天山的必須下山、進了沙漠的終必踏出沙漠，朱夏妮不能不回到凡間，遠去到廣州要進中學的她，在上學之前她知道再看到「雲和天是永遠的夥伴／就像草原和牛糞／不會分開一樣」（〈那天　在山上〉）的日子已經結束，此後「湖讓大地保管／自己的身體／它的靈魂通過我的眼睛／來到我心裡」（〈藍湖〉），只有倚靠湖的靈魂在她心底駐紮下來，否則「糖果沒了　只剩糖紙在努力讓自己飽滿」（〈沒了〉），她告訴自己今後「你去找鏡子拿回你曾經的笑容吧／你把孤獨埋進你的練字本裡去吧」（〈孤獨的小孩〉），「你」即她自己，這是她與自我對話的一種方式。

　　朱夏妮幾乎是在說新疆的靈魂「通過我的眼睛／來到我心裡」，那是一個兒童還在身心快速成長的初階說的真心話。寫過《眼與心》、研究過兒童心理學的法國哲學家梅洛龐蒂（Maurice Merleau-Ponty, 1908-1961）即強調兒童接觸世界第一時刻的重要性，

因為他們是基於身體對世界的「觸摸」去認識了世界。亦即認識的發生不是通過意識，而是通過整個身體（尤其是眼睛）浸入、親臨現場時才算「觸摸到」的結構而作用的。只有身體必然得與發生場域有所連繫時，接觸到世界才能同化為身體的內在形式。同時，兒童最初的語言完全也是通過身體來表達自我的，語言的表達能力即是通過身體的表達而獲得的，是先有那個知覺世界才能過渡到那個文化世界和語言世界。當然這時父母扮演的角色極為的重要，10歲之後，朱夏妮的爸爸媽媽開始培養朱夏妮，推薦她讀的書竟已有《暮光之城》、《哈利波特》、《簡愛》、《飄》、瑞典詩人特羅斯特朗姆（Tomas Transtromer, 1931-2015）的詩歌等等，這種早熟的閱讀可能成就了朱夏妮無數次內在的奇幻之旅，也成就了她以語言內化新疆、「拎起新疆」成為她身體一部份的能力。

然則，何以新疆的草原不能是她一直可以拿來畫畫和書寫的作業簿？新疆的天山不能一直用作她案頭的筆架、寒凍時擋風的窗櫺？桌沿的鹽湖和柴窩堡湖不能是她的墨水瓶？放在浴室的賽里木湖不能是她洗臉沐浴吹風的澡盆？客廳裡頂著瓷罐的少女、跳舞的阿瓦古麗們、哈薩克人大自然的樂曲、愛睡覺的羊群不能一直走在她微笑的眼睛裡？廚房裡鍋蓋掀開的沙漠、冰箱打開的冰原不能一直是她寂寞時數星星、孤獨時作夢的地方？事實殘酷地告訴她，「時間」已經「像夢一樣離去」（〈小院裡〉），之後才隔沒多久，她竟已是「被書本夾在中間的樹葉」（〈中秋節〉），「天被鎖在帶著紗的窗外」「滲了奶油的藍色／在很遠的地方默想」（〈那片窗外的天空〉），她想不到自己離新疆竟然有那麼遙遠了。

才上中學三個月，她過的已經是〈籠子〉似的生活：

這裡的風帶著聲音滑冰

偶爾在你腳下絆倒

每個人都在過濾聲音

這裡的聲音沉重

風背不動它

聲音不會飛

比氣泡更容易消失

圍牆足以擋住它的去路

「聲音滑冰」，偶爾還在「腳下絆倒」，說的是聲音超速、甚至失速，又要小心翼翼地「過濾聲音」的都市生活，聲音沉重、不會飛、風背不動它，對應的都是新疆，因為在那裡，這些事都不會發生。

但「星星把我忘了／把這裡忘了／把來這兒的路也忘了」（〈忘了〉），新疆即使再回去也回不去了，她一天天要面對的是她沒有一樣喜歡的課程內容和老師。她說政治課老師「你的笑罕見／去動物園也看不到」（〈致政治老師〉），上英語課：「我的心掉下一米／又慢慢地爬上來／我裝成上你的課／的樣子／身子僵硬」（〈致英語老師〉）。連上她最拿手的語文課：

你在黑板上寫下

我不喜歡的內容

可我必須要記下

像是把心框進一個心形的木框裡

我只能自己用刀一點點剝小我的心

讓它有地方跳動

我想去外面看看

可那兒有被老師修理過的

扎人的花草

（〈致語文老師〉）

她無處可逃，轉而求助她的信仰：

我想去天上

可是我沒有衣服

天上會很冷嗎

聖母只穿一件紗裙子

天上有老師嗎

有老師我就不去了

（〈我想去天上〉）

老師竟成了阻擋她去天上與聖母見面的理由！因為老師那麼嚴厲，常處罰她，罰掃地罰擦黑板罰倒垃圾，發考卷是用擲的，「卷子掉在我臉上」（〈考試〉），唱國歌時她「眼光掃過這個班／當她眼睛看到我時／我稍稍加大了聲音」（〈唱國歌時〉），連同學她都不喜歡，作弊的、告密的、言不由衷的……。比如告密後，就會「有人用眼睛發出的光／擊打我眼睫毛／使它彎曲　烤焦　發出香味」（〈間諜〉）。比如說班長維持紀律時賊頭賊腦：「耳朵聽鹽的味道／聞我們輕聲的細語／耳朵和鼻子／帶動你的上眼皮／

粉筆摩擦粉灰落下／黑板上有一個代表我／的數字」（〈致班長
（二）〉），比如初一的代表上臺發言，「他把學校／喊成一個後
花園／把書本的味道／喊得香得／在校外都能聞到」（〈開學典禮
（二）〉），這使得她跨進校門「我的身體拖著我的心／去我不想
去的地方／接受　這裡的人／看錶一樣的看我／我不願意穿獄服一
樣的／統一的服裝」（〈校門〉），她小小心靈的痛可想而知。

　　但她不可能屈服，她是拎著新疆離開新疆的人，那是她胸中
不可能被折疊被壓縮的廣天大地。她轉而使出她的看家本領，用冷
筆，應該說，用小說的筆，寫她所看到的一切，比如寫女老師對某
小男生的「另眼相待」和曖昧動作：

　　　路過他的桌子

　　　她會讓時間先睡一會

　　　他沒穿長褲的

　　　有很多腿毛的腿

　　　讓她的身體傾斜

　　　短髮搖晃

　　　她走過他的椅子

　　　手與他的白色校服擊掌

　　　快速走過別的桌子

（〈絆〉）

　　「讓時間先睡一會」、「身體傾斜／短髮搖晃」、「手與他的
白色校服擊掌」等的描述，均準確地寫出了她觀察對象的小動作和
細節，她有一雙銳利可怕的眼睛。甚至對黑暗角落產生關注：

掃把和簸箕

住在一個房間裡

那裡潮濕和溫暖

我每天都會去看它們

把手浸在有光的盆子裡

把帶有陽光的水

帶給它們

（〈關於黑板之三：有陽光的水〉）

她想向耶穌懺悔，因為「你的眼睛裡／只有我向下望的雙眼／佈滿血絲／重複的回答／在固定的時間／念珠生了綠色的鏽」，說的均是在制式化教育下，毫無彈性的日子，但可能此時沒有長者如在新疆時姥姥阿姨們的帶領，她在黑暗中，看不到耶穌。

這本詩集記錄的最後一天是2013年3月21日，她13歲，政治課上她寫的，題目是〈政治考試47分〉，末半說：

她的聲音好聽

像睡前講故事的聲音

我無法安睡

風穿過防護欄

到我手上

從這裡我看不到天

只有深綠和淺綠的樹

綠色窗戶的住宅樓

看樣子，在那當下，只有寫詩才是她唯一的脫困方式了，她真誠無諱地記錄了政治高於一切的體制下一個幼小心靈心中的痛、苦、扭曲和不滿，對這種將人極度「異化」的系統的反彈，能以誠實且清新、直白又具有創意的詩語言說出，是連大陸眾多的成年詩人們都說不出口的。

　　然而在臺灣教育體制下，也在某個程度上經歷過類似的過程，卻也未見得完全解脫。有誰見過臺灣的小朋友寫過這樣一系列的詩作？因此此詩集能在臺灣出版，就深具意義，值得教育和文化工作者作為借鏡，重新思考孩子創造力的無限可能性，當朱夏妮說天的「藍墨水不均勻地／滴進湖裡」、說「鞋裡的泥湯／想念草上的雨」、說「湖面有皺紋／湖在搖／哄著倒影睡覺」，她說的是心中對美的感動，而「美育」何曾成為我們教育體系重要的一部分呢？此詩集也可讓家長明白，培養孩子接觸大天大地、不阻止他們自主地感受和批判的關鍵為何，同時對小朋友極早接觸自然、培養閱讀和寫作的能力也深具啟示性，尤其是各類文學和詩的接觸。

　　樹藉花再生，人藉詩重活，再年輕的小樹也會開花，再稚嫩的小詩人也想舒活自己的情思、刷出自己的存在感。華文世界極年輕的、出生於2000年烏魯木齊的朱夏妮，拎著新疆的天地進入凡間，以她渾樸自然、觀察入微、又創意十足、尤其是深具反思和批判能力的詩語言，為我們的成人世界示範了在21世紀如何真正「刷出存在感」的書寫形式和方向。

不正才正
——序賀婕詩集《不正》

　　失算的愛情中，賀婕仍是揮著翅的，輕盈地就飛過了從前

　　賀婕是溢滿創意的透明瓶子，這支瓶子上塗滿她童話式的幻想和走完長路後的覺悟。而瓶子內則飛滿了透明的小小螢火蟲，不，細看是飛著雙翅或掉了翅的女人和男人，有的正在上升，大半正在墜落。這支滿溢了的透明瓶子就是她的心，她的詩和她的畫她的愛她的情都寫在那上頭，少許的溫馨，更多的是涼意、寒意、和醒。

　　在這時代，愛情如同世俗化的宗教，找到對的人就一起信，即使很快就一起不

　　信也無妨。偏偏男人女人來自不同星球，一個用左腦思考，一個用右腦思考，當女人對男人說：「吻不是親呐／手挽手才是親哎」，男人偏偏是「硬水泥地」（第38首），怎麼也聽不懂，而且還常找第三人擠進來一起「信教」，豈能不「交通」大混亂、怨氣沖天？但即使在失算的愛情中，賀婕的詩依舊是揮著翅的，輕盈地就飛過了從前，飛過了那些不滿不懂和怨的大石頭們夾殺過來的縫隙，因此讀她的詩是愉悅的、喜孜孜的，好像自己背上也長出了翅，輕易就學好她的飛姿，就能在這個想與那個想、無數個想之間之上，來去自如。

然後就突然想起她的不正、她歪歪扭扭的直線、她怎麼也學不會的正確，而凡所謂的正都是被規定的、被訓練的、被教化的，且也準備被別人使用或利用。天生學不正的賀婕只好順性而為，順不正之路走自己的正路。她走的不正之路，正是詩最正確的道路，而且將來絕不會輸給眾多前幾代的女詩人們。

　　初見賀婕的人，不容易看出她是一個怪咖，端莊得有點腼腆，外表的正看不出她內心的不正。而在一個講究文創和跨領域的年代，正是從正（左腦）到不正（右腦）的大轉機期，賀婕的《不正》為我們標識出了這樣世代的來臨。

從眼神中飛出鳥群
──王婷詩集《帶著線條旅行》序

金門是她的畫布，充滿了愛恨糾葛的空與滿

詩是一個人生命形態的展現，有的人是靜止的鏡子或一口井，靜靜地反映著天色和這世界。有的人是流動的河是溪是一道小水，甚至是風是雲、是雪是雨或只是霧，流過處，沾景濕物、映照周遭不斷變換無常輪廓，流不流得下痕跡都是未定數。但那又如何？至少已主動地撫觸摸索了這世界。前者是定靜的，後者是顫動不安的。

王婷在她的詩或畫中所展現的，從來不是書桌旁思索的結果，而是生活磨汗磨淚磨愛磨血後提煉所得，是她曲折的人生路徑打彎磨角後的沉澱物。她的人生不活在家與辦公室中，那是拴不住她、她也死命要掙脫的兩條鏈子，她的生命存活在路上，顛簸的路上，這顯然與她的金門女子身份有關。在那戰爭氣息濃厚的地點出生的人，即使炮聲遠離、煙屑已淡，仍好像都背負了歷史和父執輩們沉重的陰影和哀嘆，尤其幾乎全是男人掌執、相爭、互鬥的時代，女子的位置一直不知如何擺放和安頓。因此從那煙火味血汗味高粱味濃烈的迷霧中走出來的女子無形中都帶了點剛毅和憂傷，生活上可能是「人生勝利組」，但情感上永遠不會是。她們是負著傷疤長大

的，因此永遠想逃離那樣的場域，卻又在夢中或熟悉的事物中的某一瞬被追捕回去。比如她的〈人生勝利組〉所說的：

我不斷學習如何逃避追捕
大海中
我是一條逃脫的魚
海水是我的共犯
前進或後退我們與風密謀
河岸邊濤聲四起
一隻鷹
從激流中竄起

此詩的海、魚、河（溪）、鷹、風與金門都有關，即使逃避、逃脫、追捕共犯、濤聲、激流等詞也都可以在那樣的場域中慣常聽聞。但詩中所說的卻是一種心境，是要由大海一樣四圍而來的氣氛中逃離、而且是「不斷學習如何逃避追捕」，顯然海中充滿危境和捕頭，「魚」既無法離開「大海」，只能與之為伍，聽風聲通報而知如何「前進或後退」，最後好不容易逃到河海交口，「岸邊濤聲四起」，表示風聲鶴唳、草木皆兵，「一隻鷹／從激流中竄起」，既已到了岸邊，淺灘已達，乃以鷹的姿勢自其中竄飛。很超現實的結果，但那是「不斷學習如何逃避追捕」後，最終累積良久才有的力量。表面上似乎借典《莊子・逍遙遊》：「北冥有魚，其名為鯤，鯤之大不知其幾千里也。化而為鳥，其名為鵬，鵬之背不知其幾千里也」，那是寓言，但王婷詩中所說是她成長的生命情境和困頓，純粹只是表達金門人才有而其他地區人士很難感受到的、要由

老戰地的沉重和沉痛中逃脫的體認。李白〈贈宣城趙太守悅〉詩中說:「溟海不振蕩,何由縱鵬鯤」,「振蕩」不正是磨字嗎?磨汗磨淚磨愛磨血,由此激勵提煉出如鷹姿般的「人生勝利組」,不見得是情感上的,至少是意志上的、生活態度上的。

她的另一首〈畫布〉寫的雖是繪畫的心境變化,卻充滿了故鄉的原型:

> 她反覆刷了幾筆
> 感覺像是觸撫一吋吋肌膚
> 又是那一抹紅
> 把險灘逼成漩渦
> 漣漪盪出水潤私語
> 每一句私語
> 都像是炸開的情緒
> 在靈魂和空氣中
> 磨擦
>
> 她拿下畫布
> 在鮮紅的唇上狠狠的咬了一下

紅、險灘、漩渦、漣漪、炸開、磨擦等詞均與潛意識中的金門相關,「又是那一抹紅」表示怎麼畫都與「紅」代表的燦爛、煙火、血腥、節慶、傷口、乃至死亡有關,其中險阻重重,總是無法逃脫,但又有「水潤私語」潛藏,都能「炸開」「情緒」、「磨擦」「靈魂和空氣」,那是令人感傷和心痛的。如此「畫布」不只

是畫布了，是一片土地，一刷筆像「觸撫一吋吋肌膚」，根本很想將之「在鮮紅的唇上狠狠的咬」幾下的鄉土！她的畫布就是她的金門，充滿了愛恨糾葛的空與滿。

王婷繪畫的寫實工夫是深厚的，由2018年畫的〈沉默的幻燈機〉、〈交流〉、〈沉默的力量〉三幅即可見出，尤其前兩幅，但又不那麼寫實，其油彩的色澤和筆觸充滿了鏽色的蒼涼感。同一時間其他的繪畫則不是迷離霧色，就是濛濛雪飄、昏沉天光，如〈走過〉、〈最遠的記憶〉、〈永恆的燈塔〉、〈迷惘〉、〈古城的背景〉，與金門霧季往往長達數月，當然有連結，那是一種根深蒂固的記憶的延伸。她的某些畫即是心境抽象的拼貼表達，如〈碩〉、〈初〉。尤其是〈初〉，畫面像是夢中的大海，散佈的白是浪花，飄的、浮的、游的、飛的、矗立的、躺的無非是故鄉「閉上眼睛也能看到的影像」、「掩住耳朵也能聽到的旋律」，與那些生死分明、旦夕之間即成無常的眾多耳聞和親身經驗有關。而王婷不能不用散亂並置的模糊意象傳達內在心境的深沉初心，那是面對時代和歷史，而不只是個人的存在而已的一種感受吧。而這樣的畫其實更具想像空間和自由跳躍，不願受拘、受控，仿若夢境片斷鑲嵌的氣息。

因此也難怪她詩的畫面感都很強，比如〈訪你之後〉一詩：

我帶著晚春在你故里落腳
泅泳的小舟拉著
你的裙角前進

我站在你的背後
見你專注

彎下腰讀水紋
槳愈說愈急你頭愈垂愈低
最後拱成一座橋

我站在你背後
沒有多說一句話

詩中的你可以指女人，也可指你的故里本身的風景，第一段中：

泅泳的小舟拉著
你的裙角前進

是極生動的寫生畫，把站在水邊的女性裙角「一衣『帶』水」
的美感以「拉著」、「前進」兩個動詞連結得傳神極了。

彎下腰讀水紋
槳愈說愈急你頭愈垂愈低
最後拱成一座橋

從裙角到彎腰到垂頭，最後身形「拱成一座橋」，將人形與景
形的相似性和相關性乃至人與景融為一體的美景，借小舟、女人、
拱橋三者的關係緊緊的連繫，古城以拱橋為核心的興味，躍然紙
上。而且整幅是動態的，小舟、裙角、水紋、木槳、彎腰女子無不
都在動，它不是一幅畫，而是一齣光影粼粼的微電影。末兩句則是
說不出話的感動和呆立，語言此時是多餘的，也無辭可描述。

上面那首是當下動態的寫實畫，她的〈穿衣〉一詩則是今昔相扣的親子畫，事實上恐怕連畫都不易表現得出來：

當他扣到第三顆鈕，

忽然摸到

母親年輕時的手

上衣口袋溜出幾句細碎的叮嚀

花襯衫上還有嘩啦啦的洗衣聲

詩僅五行，卻有小說感，主要是使用了第三人稱的「他」，切入點即暫時停格在「第三顆鈕」上，後兩句時空一跳，摸到的是「母親年輕時的手」，那麼詩中的他就回到了童年時光，恍見母親蹲下身來，年輕的手正在扣自己的衣衫。接著是一連串的回憶：「上衣口袋溜出幾句細碎的叮嚀」、「花襯衫上還有嘩啦啦的洗衣聲」，那是溫馨忙碌的時光，透過簡單的當下「穿衣」動作，鈕子、口袋、花襯衫是當下同一件，但回溯的場景竟出現了三個不同時間段，「年輕時的手」、「細碎的叮嚀」、「嘩啦啦的洗衣聲」不會同一時間發生。而才五行詩就承載了微小的諸多細節，親子互動的感染力躍然紙上，恐怕連微電影都不好拍攝。

下面這兩首詩就比較像她霧濛濛的畫、或符號抽象化的畫，不那麼容易解讀，比如〈記憶正在改變〉：

陽光向前走了一步　斜切半面牆

夏天篩下火爐典當最後熱度

桌上芒果冰靜靜的化成一泓寒潭

融解中的雪花格外驚心

雪山微微晃動地　就

一哄而散

原來

改變的不止是季節

　　此詩由夏天吃冰寫到有冬天的感受，前幾行寫實，後面是想像，「融解中的雪花」、「雪山微微晃動」都與吃冰的形象有關，卻又像化為大雁飛渡所見。說的其實只是吃了「芒果冰」後的愉悅、享受和遠想，有種冰涼至心底而綺思幻覺，尤其首段第三行「一泓寒潭」、及四、五兩行「她也安靜的長出翅膀／學大雁飛渡」的綺想，使得末段把眼前的冰盤想成「雪花」、「雪山」也跟著合理地虛擬化了。「改變的不止是季節」本應是「改變的不止是芒果冰」，結果因奇幻的聯想，使得「記憶」也跟著「改變」。如此現實的經驗有可能隨著想像而擴大了記憶的版圖，王婷用一首人人平常皆有的吃冰經驗，胡思一番，卻等於教導了讀者如何利用當下感受聯想、開拓現實體驗的好方法。

　　而〈色相〉一詩則是身體詩，描述情欲與肉體互動的心境、感受，是很不易處理的題材：

靈魂在色與相緩緩流動

有時張狂蹬著波浪任海洋成為

更深的夜

有時軀體扭曲緊繃顛倒如

十字路口的車流
加速或停止形成小舞步然後
遺忘

穿越是黑暗中最迷人的姿勢
虛線或捲邊脣語
如馬丁鞋上的鞋帶
從第一孔到頂孔來回穿梭

關上記憶
慈悲與肢體都將以海流的速度
裂解之後又裂解

　　流動是此身體詩最主要的意象，由兩人靈魂及肉身互相來往的流動、到海的波浪、到車流、小舞步的變化、到黑暗中姿勢的「穿越」、到鞋帶在鞋面的孔洞上穿梭，最後海流合起又退下，如記憶中肢體的起伏變化，成為回味和難以磨滅的一部份，「慈悲」二字則有地母撫慰人子的不忍。寫難寫之景之情能如此含蓄有味，可說已臻完善了。

　　王婷酷愛繪畫，城市、故里、古城、大自然和人物是她經常取材處，又不為之所限，不經意就將之抽象、符號化，藉以逃離形象而獲得更大的自由度。在詩中即是「借景生情」、「由象而意」、「化實為虛」、「從色轉空」、「藉有說無」，從而得到更大的想像、思索、轉身的空間，比如下舉諸詩的部份段落：

巨木是最好的演說家
他藉著一根一根木頭的耗損
分析著悲傷與歡笑間的距離
巨木守候森林

如同我始終相信愛
足以征服狹隘的寬容

（〈希望〉）

天空用了三千丈流水
怎麼也洗不乾淨那張臉
河水沉默的
握著灰色的心事

（〈塵市〉）

岸上石子把頭埋在河裡
一整天
只管著浪花的高度
只有夕陽微笑的把影子
還給我

（〈孤舟〉）

斷崖上有一只酒杯
豪邁放歌
春天

竪起耳朵

（〈朗詩，在春天〉）

蹲在路旁的樹
耐心搜尋秋風
所有腳步聲都變成了
遙遠的懸案

（〈在那遙遠的地方〉）

我把自己捲起來
像一片枯葉
葉尖上留了一點空隙
讓自己有飛的機會

（〈重生〉）

　　耗損的木頭「分析著悲傷與歡笑間的距離」、巨木的守候如愛「足以征服狹隘的寬容」，說的或是不離不棄方可成其大。而河水的沉默可「握著灰色的心事」，也是寬容的一種方式，這其中都有前面提到的「地母」特性。其餘說夕陽微笑的還我影子，酒杯放歌春天豎耳、腳步聲成了懸案、葉尖留空讓自己飛，凡此種種都是我與物與景與周遭所見所聞相互傾聽、互為換位、萬物與我同一的展現方式。

　　前頭即提及流動的河、溪、小水、風、雲、雪、雨、或霧，流過處，沾景濕物，要映照的是周遭不斷變換無常的輪廓，流不流得下痕跡並不需在意，流動過就好！像她〈色相〉一詩所展達的：一

切的靈魂或色相、海波的合攏與裂解、十字路口車流變幻莫測、黑暗穿越肉身、鞋帶刺穿鞋孔，沒有任何一個動作會被自己和其他人重複，流動過就是活過！〈冬雪〉一詩說：

飛雪的日子。沒有足印
只有風。在翻書
一群候鳥
懸著羽
從她的眼神中　走出來

雪如何留印？風翻書誰知？眼神中候鳥懸羽飛出，三者何干？相似處唯都在流動、皆在一瞬發生，在詩人捕捉到那一瞬存在過，因而與自己的過往、當下、乃至未來，有了千絲萬縷的聯結，從而體認到自我在那一瞬的存在感和無可盡說的美。

而如此地「借景生情」、「由象而意」、「化實為虛」、「從色轉空」、「藉有說無」，詩不就在其中？人不就在其中？王婷不就在其中？反之皆然。而當流動於若即若離中、流動於似在似不在之中，宇宙之奧之妙不也就在其中？那麼往後對王婷如何在詩中在畫上不受控地繼續流、自如地繼續動，從眼神中持續飛出種類百異姿態千奇的鳥群，應可相當地期許吧？

為時間挖洞的人
——胡玟雯詩集《時間的洞》序

　　特別的時刻，她掉進「時間的洞」裡，凝住一切的感受

　　詩是以「可說」說「不可說」的最簡便形式。不可說的常是一種感受，或喜怒哀樂或嗔癡怨，或夢或想像，可幻可真。它所使用的文字卻是可說可理解的人類理性產物，但表現的內容則虛浮不定、難以捕捉、不好說、不可說。以可說說不可說，此事不易，因此常脫離理智構得到的範疇，表現出的常介在虛幻與真實之間、游移於可說又不可說之間。對詩的作者或愛詩人來說，那恰切是想表達的可觸又不可觸及的美和真，對某些讀者來說，詩有時成了謎、甚至閱讀的障礙。

　　不過何妨，就像有些人的生活我們若不以極大的同理心去試圖貼近，會覺得他們離我們很遠，難以與之同步。當你吃著豪華酒宴時，如何能對衣索比亞的瘦骨兒童有所感受？當你在歡樂場所狂舞時，如何對烽火四起的中東戰場感同身受？當我們身心康樂地幾代同堂歡慶生日時，如何想得起在醫院一角為病魔所制伏的友人？也許只有當我們離群靜心、對世上諸多不幸稍予關注時，方知平安多麼難得，身心靈平衡是何等不易。也只有偶然捧讀他人作品時，方能稍稍明白這世上多的是日日得與諸多心痛、病痛抗爭的人、多的

是得與制度、政經環境、心魔、精神內分泌物質異常⋯⋯等等，要不斷奮戰之人。

因此把「不可說」的精神苦痛或折磨，寫成「可說」可讀可誦有美感的詩作，這要較正常的寫詩人來說，可能是十倍乃至百倍不易為之事，不知要付出何等努力和輾轉克服自己軟弱的曲折過程。

患病十四載才重新站起的胡玟雯歷經的折磨即是一顯例，她把自己從那其中拔出來、勇敢面對脆弱不堪的自己，沒有保留地寫出來。即使如此，她寫出那「可說」的，恐怕遠遠不及寫不出來「不可說」的千萬分之一。這是「不可說」始終可以反覆折騰人的原因。在詩中，她是勇敢的，她不得不勇敢，因為詩已成為她最強而有力的盾牌，她用她的傷口、苦楚、和斑斑淚痕構築了這個盾牌，足以抵擋一些不堪的屈辱、冷語、流言和傷害。更重要的，她不光是只為自己發言，也是為與她承受同樣苦痛和折磨的一大群精神疾患者發言。

當她說〈我的憂鬱像眼球一樣跟著我〉時，她說出的是多少憂鬱患者不知該如何去除低潮的心情？當她說〈我背著一隻負傷流血的象〉，她說的是壓在心頭無可卸除的沉重，她說的是一大群如她背負如山之人。當她說〈時間的洞〉時，光由標題即知，此「洞」是自挖的也可能是他者挖的，既是藏也是埋，看似再也前進不了的心境，卻是可長出玫瑰的所在。常人當然很難想像如此心境是何種心境，但這樣的患者無處不有，這世上何止千萬。胡玟雯寫的因此不只是她個人，她的書寫觸及了幾個層面：兒童心理、家庭教育、親子關係、婚姻問題、精神醫療方式、社會保險福利問題、遺傳與基因與營養問題等等的複雜關係。她說的是歷代以來不斷發生、一直在發生的地球上一大群特殊精神疾患者產生的原因、過程、和他

們被對待的方式。

作為一個創作者而言，即使有精神疾患的困擾，其得到的紓解，應該比一般病患多些，至少可把心境敞開來。比如她寫的第一首詩，卻反覆改了四年才完成的〈日間留院歲月〉（後刊於衛生紙詩刊），說的就不是她自己而是一種為病友發聲的心願，因為終於要離院的她下了決心要把他們寫進詩裡。此詩末即提到她在最後要離開病友們時：

> 我擦上買來的指甲油
> 用手指重新寫下所有人電話
> 同唱一首會讓人像小鳥的詩歌
> 決定有一天
> 我將把他們寫進我的詩
> 陪他們與我共同
> 相信天堂

「像小鳥的詩歌」、「共同相信天堂」是相互鼓勵重新站起之意，雖然極為不易。此詩寫的也是一種隱微的抗議詩，因為病友們幫忙工廠作代工，但地下室卻環境不佳，只能自我寬慰：「將滿室日光燈下的潮濕味／想像為南極洲一隻迎面而來哈士奇嗅聞」。詩中也帶出精神病房裡病友的各種形態：「有人在睡著後／就再也沒有醒來／有人永遠忘記不了意外的痛／就永遠不想洗澡／有人開始流著口水講話／他的媽媽就想要把他送到更遠地方」，尤其末句，說的是家人不願面對病人只想把病患送走的親子關係。

童年的陰影和不和諧或不完整的親子關係與一個人的身心健康

當然息息相關。〈春夜池塘〉一詩提到三歲那年她爺爺騎車出門為她買水果，卻不幸車禍死去，於是「烏雲在我身上開始降雨」，自責自己是「掃把星」，幫忙她的人，必定遭逢不幸，全因她害的，甚至「活動裡只要人不開心」皆因她參加的緣故，但沒有人知道，也沒有輔導、寬慰她，這陰影一生跟隨著她。加上她父愛的匱乏，父親「唯一會表達愛的方式」是賺錢。不論在童年的日子裡，還是在她多年的病苦中、既無法工作，也沒有完成的學業，爸爸竟像「還沒玩就壞了的玩具」（〈禮物〉），也由於「太想被愛」，卻使她：

　　　自卑像白天時一隻過於
　　　盡責的日光燈，
　　　或夜晚裡一杯老覺得
　　　做錯事的咖啡

　　　寫詩的茶已涼
　　　客廳的窗簾暗示出
　　　即將啟幕的深夜
　　　我童年見過的那一幕
　　　為何使我沒有精神
　　　直到中年

　　　　　　　　　　　　　　（〈今夜我失眠〉後半）

　　童年的陰影何其深重，「那一幕」為何，作者未說，但卻始終根深地扎入生命底層。而父愛的匱欠使她寫了不少關於父親的詩，

以求自我解脫，尤其父親後來也得了憂鬱症自殺，悲劇竟然一幕幕
上演。比如「你的死，一整個夏天的死亡」（〈父親的葬禮──紀
念自殺的父親〉）、「遠方是我夢裡的天堂／那裡有向我道歉的爸
爸／他曾瘋了般打我」（〈走路〉）、「小時候我追隨爸爸的身影
／像一隻折翼蝴蝶圍繞翠綠草葉」、「一場原諒與不原諒的拔河
賽／在我心吶喊／躁鬱症是觀眾／天使與魔鬼是兩邊的啦啦隊」
（〈爸爸與我〉），充滿了渴望、憂傷、和矛盾，由此也可看出，
童年的安全感和成長時父母親情的陪伴和維護，成了任何人身心健
康的重要因素。

　　而〈今夜我失眠〉中所說「童年見過的那一幕」使她「沒有精
神直到中年」是如何令人困頓啊，那是一種「這該死的感覺／做不
成任何事」（〈疲倦2〉），要不就是：

　　一把刀醒來

　　從頭頂頂櫃掉下

　　正中我的腦袋

　　流出的不是血，

　　是還想睡的哈欠

　　　　　　　　　　　　　　　　　　（〈疲倦〉後半）

　　與夜一同失明到早晨

　　再昏昏的睡去

　　陪白晝一起

　　被車聲壓扁到黃昏

永遠的打混

許多的悲傷

（〈憂鬱〉後半）

　　被白日喊醒卻如刀砍下，「流出的不是血／是還想睡的哈欠」，要不即「永遠的打混／許多的悲傷」，她說的不只她個人，背後更包括一大群與她有精神疾患的困窘和無法自「塌陷感」拔出的人。她形容自己的處境如〈日子〉一詩所隱喻的：

一枚硬幣滾過地面掉入

水溝蓋

沿途經過磚縫，腳印，廣告單

看見戴耳機的人

沉默的眼神

在落水的那一刻

它的掉落

發出嘩啦聲響

像整個世界安靜的此時

唯一的不甘寂寞

　　詩中的硬幣如掉落滾動的日子，經過任何地點均引不起注意，直到「落水的那一刻」才發出微不足道的聲響。此詩以尋常不起眼的硬幣入手，說的看似日子的度法，也是自身處境引不起任何注意的隱喻，此詩甚具普遍孤寂共相，說的是任何一人。然而這樣長年的低沉的困頓使她領有「身心障礙手冊」，卻被常人誤視為「非正

常人」，是「不定時炸彈」，此種異樣眼光絕非她所願見，「那些生不如死的一秒／我多麼希望能扔掉它／換成一個能上班的身體」（〈證件〉），這是最低的渴望，卻多麼令人不堪的渺茫的渴望。她說的不只她一人，這世上有多少這樣的精神困頓感，她寫出來了，她是他／她們的代言人。

〈我的憂鬱像眼球一樣跟著我〉是她病癒後第一年寫的詩，此詩末段說：

> 會不會有人真的懂我
> 當我把媽媽左腳和右腳的鞋子偷偷互換
> 當童年那一幕被保護卻又
> 像一個洞將我埋入
> 從此是愛麗絲歷險與小矮人
> 我又如何能像傑克魔豆長成巨樹
> 也許下雨的夜只是偶爾出現一隻鳥
> 從可能的靠近裡飛走
> 僅管我想要看它停留

此段又強調一次「懂我」與否，對她的重要，但此「懂我」對任何人都是想問又知問了白問，對常人都知不可能之事。在她來說，卻是極端重要之事，最後等於自我挖了洞跳入讓人找。當她說「當童年那一幕被保護卻又／像一個洞將我埋入」，其困頓只是稍獲緩解，並未徹底消除。此詩加註說「我始終覺得生病時陪在我身邊的只有媽媽和男友，也就是我的丈夫，而沒有爸爸或少時的親友，但是有人陪就很幸福了不是嗎？」像是自我開脫，潛意識裡仍

有匱乏感。於是「愛麗絲歷險與小矮人」「傑克魔豆」成了她構織、寄脫渴望、想像的夢幻時空，接著末三行又是一個跳脫，以構景與想望做結，讓此詩有了意識流般的魅力。

〈我背著一隻負傷流血的象〉是一首對精神疾病者的精神狀態描述甚深入的詩作，他／她背負著超乎常人想像的重壓，不知如何釋放，前二段寫道：

　　　　我背著一隻負傷流血的象
　　　　蹣跚行走在精神病沙漠
　　　　步伐像石旁曬裂的乾牛骨
　　　　灰而枯，總在夜晚扎醒我

　　　　我背著一隻負傷流血的象
　　　　我想丟下牠也想喝口海
　　　　我的骨頭已經變形，
　　　　沙漠的太陽
　　　　把我赤足的腳紋出黑色十字架
　　　　虛度的黑夜裡我好害怕牠的牙
　　　　更搓著腳上黑色十字　　開始
　　　　期待白日盛大的太陽

此二段說的是她與自身精神狀態的關係，是既分又合的關係，像是背負著一隻無形的大象行走，無可卸下，使她步伐沉重，白日夜晚交替折磨，不知如何才好。

詩後半則提出可能對策和期望：

我背著一隻負傷流血的象

想要靠百憂解　思樂康　若定完全解決牠

或用帶刺的皮鞭抽死牠

再不然

用刀做掉自己

但我還想看看海的模樣，

看它有多麼大

雖然他們都說海水鹹鹹的

海浪有種孤獨的蒼涼

背著一隻負傷流血的象

於是我走到動物園　把象關進柵欄　把自己也關在裡面

見象靜靜的嚼草　見象驅趕蒼蠅

見象坐在草地上歇腳

見自己的黑色十字架和

起伏呼吸的胸口

知道自己會有和

象

一起見海的那天

　　她對付自己背上那頭大象的戰策有外求法和內求法。外在則求助「百憂解」、「思樂康」、「若定」三種精神科藥名，漫長又難以逃脫困倦終日感。自我解決方式是「用帶刺的皮鞭抽死牠」、

要不「用刀做掉自己」，結果皆非所願，因她「還想看看海的模樣」，不想在「精神沙漠」渴死。不得已才「走到動物園，把象關進柵欄，把自己也關在裡面」，這又是另一種外求法，因除了精神疾病用藥，還有專家「馴象」的動物園，而又不能與象分開，不得不把「自己也關在裡面」，此時是合而又分。「黑色十字架」是前半背負象行走後在腳上「紋出」的。如今在「動物園」才稍獲休憩，能得喘息。而且相信與象終有「一起見海的那天」，是自建信心和毅力的一種書寫，對療養的可能賦與了信心。

〈時間的洞〉是她另一首精彩的詩，有極大的、積極的自我提昇意義。前二段說：

從公園一陣金黃太陽雨中
我掉進時間的洞裡
所有四周景物瞬間凝結
所有只屬於我

像是一名富有的偷窺者
奢侈的我看見一隻貓正試圖
跳上公園的長椅
她白色的後腳力道騰空
身體劃出一道弧線
不遠旁
被風吹動的樹葉停舞在樹梢
它們顏色油綠
當我老去懂得遺忘

我要讓它的綠記得我

入口處鮮紅的兩顆草莓

在情侶手上正要餵入彼此口中

當我老去懂得記憶我要

記住今天的紅

涼亭裡嬰兒

在媽媽的胸前吸吮

當我死亡來到我生命之前

我要有一個小孩將他養育到大

　　此處先提一下梅洛龐蒂，他曾用「身體－主體」和「身體圖示」去解釋身心一元說，即並無「身體」與「精神」二元論這回事，二者是整體的（比如詩集作者〈我背著一隻負傷流血的象〉一詩說「我」背負「大象」，就只能當作詩喻，二者仍是一體的，象的傷即我的傷）。亦即身體與意識可以說是一個「完形」，也就是身體（含意識、精神、主體）有整體先於部分的現象，而且我的身體有「朝向他的任務存在」的意向性，這表示了我的身體在世界的存在方式，是以身體的實踐活動去「能動性地展開」，它同時含納了外在環境與內在機能，只要身體實際親臨，就可能獲得實踐的機會。因此當詩作說在一特別的時刻，她掉進「時間的洞」裡時，「所有四周景物瞬間凝結／所有只屬於我」，那即是一種身體與意識共同凝住一切的感受，接近巴什拉說的「垂直的時間」，或者海德格講的「綻放」，但對一位有極大精神負荷的詩人而言，卻說是「時間的洞」。無妨，她想將美好的一刻藏起來，要樹木「它的綠記得我」、看到草莓入情人口要「記住今天的紅」、看到母餵嬰仔

想要「有一個小孩將他養育到大」。這些瞬間之事都停在今天這個時間，成為一個「完形」，使我的身體有「朝向他的任務存在」的衝勁，既是「垂直的時間」、也是「綻放」了自身，即使放入「時間的洞」亦完美極了。詩末段則說：

　　沒有眼淚的時候
　　我要學池塘裡的錦鯉
　　成群悠游供人讚賞，
　　讓人歌頌我的美
　　還沒老去之前我要大聲唱一首歌
　　讓雲朵包圍耳廓，
　　月亮，花朵為我
　　閉月羞花
　　在我的歌聲老去之前陪我慢慢
　　留在時間的洞裡
　　長成一朵紅玫瑰

　　說要學錦鯉「讓人歌頌我的美」，還要「讓雲朵包圍耳廓／月亮，花朵為我／閉月羞花」，最後要「我的歌聲老去之前陪我」「長成一朵紅玫瑰」，都是梅洛龐蒂「朝向他的任務存在」的能動性。這樣的「時間的洞」不是躲，是可蘊釀可綻放的所在。
　　她在〈活〉一詩首段又說：

　　如果，能像風一樣自在
　　穿梭在蜘蛛網孔

不吹破閃閃柔柔的蛛絲

我就可以感受到自己

輕盈，在天藍裡浮起來

　　既然喜歡挖「時間的洞」的人與巴什拉立「垂直的時間」是等價的，也與梅洛龐蒂「朝向他的任務存在」等值，那麼「風」這個詞就是她的任務了。此詩末段又說：

我笑，我哭，我愛

我苦，也偷偷藏著怨

為了黃昏中蔓生的紫藤花

我活著

　　若「我活著」是「為了黃昏中蔓生的紫藤花」，那麼「活」和「紫藤花」即是她存在的任務了，設法讓花「綻放」自然也是了。

　　胡玟雯及一切受苦者皆應不斷挖這樣「時間的洞」，立這樣「垂直的時間」，好「朝向他的任務存在」，藉此獲取「身體－主體」（身心合一）的能動性。胡氏逃不走了，因為她的詩就是她自身的證詞。

跳進時間漩渦的詩人
——廖亮羽詩集《時間領主》序

時間領主是不假外求的，任何事物無不內部的空間比外部大

　　認識與了解常是兩回事，認識了詩不見得了解得了詩的真諦，認識了時間不見得了解時間的意義和本質。這也如同認識了廖亮羽不見得了解這十年來她所作所為所寫究竟意欲何為？老實說，認識她十幾年，往還互動多回，還真不明白她想把風球帶到哪裡去。這問題去問她，也或如同回頭問我們自身，詩有這麼好玩嗎，值得投注一生心力嗎，那究竟詩是什麼？相信其答案人人不同，若去問此時此刻的廖亮羽，得到的答案之一有可能是其書名：詩是「時間領主」（time lord）；也或者詩是她可走入乃至搭乘離去的「塔迪斯」（TARDIS）。這兩答案其實像兩盆當頭淋下的霧。但那又何妨？

　　就筆者個人的認知，詩是宇宙之花，必定遍開在全宇宙有智慧的高等生物之間，遠古以來只要有語言必定就會發生，未來也將如是。詩具備了色空不二、多一相應、永瞬等值、囚逃互纏、聚散循環之宇宙特性，此宇宙之花可巨大如盆，也可微小如塵，因畢竟是各種因緣際會粘合而成，其隨機性和任意性遍處可見，對初識者而言卻常形成「障礙」，比如初讀廖亮羽詩作之人即很容易陷入此

種「障礙」而脫拔不得,從她的書名到詩作的內容均如此,但「障礙」在語言中也有可能是象徵,常「在一種個別而具體的東西中顯示出一種對映的整體希望」(H. G. Gadamer),因此它們會不會不只是她個人表現出的障礙或象徵?卻也有可能是在所處時空下,一整代人隱匿的集體潛意識、乃至是人回頭對宇宙回應和呼喊的宇宙潛意識?

　　當廖亮羽標出「時間領主」當她的詩集名稱時,若對有史以來最長、最成功的科幻電視影集《Doctor Who》(1963~,英國公視BBC)沒聽過或不熟悉的讀者,一定不易理解此四字的意涵為何,間接也影響了閱讀此詩集的能力和樂趣。《Doctor Who》已斷續播出近一甲子,大陸譯為《神秘博士》,臺灣有《超時空奇俠》、《超時空博士》、《異世奇人》等不同譯名。故事說的是一位自稱「博士」(The Doctor)的時間領主,自他的咖哩佛雷(Gallifrey)星球搭乘偽裝成上世紀50年代英國警亭的時間機器「塔迪斯」(TARDIS,為Time And Relative Dimensions In Space縮寫)前來,可於時空中任意悠遊,便有了懲惡揚善、拯救文明、扶助弱小的諸多故事,這也成了後來許多科幻片的典範。而Gallifrey星球的人八歲時都要去觀看時間漩渦,當因暴露在時間漩渦中基因產生了變異、遂能看進了時間、看透了時間、獲到了一些殊異的腦迴路,即會變成一個「時間領主」(time lord)。而此稱謂即得自於他們擁有比宇宙中其他種族強大得多的能力,可於時間中旅行、乃至操縱時間。時間領主外觀與地球人相同,但擁有兩個心臟,他們極度長壽且不會衰老,遭到重創或壽命將盡時,還能重生。「博士」已由十餘位演員扮演過,一位到另一位演員的改變即以重生方式演出,外貌會變,性格也會變。不同時期他們在劇中皆同一角色,2017聖誕

節起又重生，改由第一位女博士茱蒂‧惠特克接任第13任博士。其角色的變化顯然也呼應了新世紀女力時代的崛起。

如果回頭看十年來廖亮羽的所作所為，說風球詩社是她的「塔迪斯」（TARDIS），乃至說廖亮羽的能耐就是一座無所不包容的「塔迪斯」，也並不為過。塔迪斯是《Doctor Who》中的時間機器和宇宙飛船，能抵達任何時間空間點，它的內部要比外部大，甚而想要有多少大就能有多少大，又能變色龍般與周圍的環境融為一體。「塔迪斯」後來被廣泛用於描述那些「內部比外部大的事物」，說風球詩社是廖亮羽的「塔迪斯」，是因這個詩社表面上是詩社的外形，卻有著極年輕、泉湧不絕的青春生命不斷湧入，廖氏全臺灣不曉得繞了幾圈，為多年不間斷舉辦的大學詩展、高中詩展、各地讀詩會，四處奔波，她的「塔迪斯」裝載的心和情和熱是過去所有前行詩社所未見，詩社的活力真的是「內部比外部大」，一如好的詩一樣，短短幾行，卻有著豐盛到不行的內涵。

未收入此詩集、但卻作為2018年風球詩社《自由時代——風球詩社十週年詩選集》開卷詩的〈無主之地〉，是廖亮羽的力作，或可拿來註解或幫助了解她的《時間領主》一書，此詩如下：

> 雖然的確不安和徒勞
>
> 沿礦苗凋萎的路徑，以金屬碰撞
>
> 靈魂的高溫，直到火花侵蝕夜景
>
> 照映朝陰暗處挖掘的沉鐵
>
> 在冰冷鑽岩頑抗下
>
> 既不是破碎
>
> 也未完整

也許幾次後悔

徒然將信物投入洞窟

背棄的恐懼是這樣

從惡夢的秘密開始

荒地的沉睡像掉入陰影

以蕨類覆蓋的罅隙，絕望地懷疑

穿越這片脈礦的意志

泥濘，危險，難以偽裝

最後礦藏如實留下

礦井裡的骨骸闃黑，貧花虛空

因為棄土的荒涼而無法腐爛

只有不敢想像的天賦

才能接近那裡

縱橫交錯的坑道

如心的縫隙——

鞭子和駱駝偶爾遭遇

隨即分離，黃沙動搖的

無主之地

　　此詩寫的方向像是藉探礦、挖礦、棄礦、離礦的艱辛過程，
影射對世間一切難以盡知的形而上或形而下事物，如時間、真理、
人性、藝術文學、詩、理想等，乃至整個太空、天文宇宙、黑洞的
探究均無不可。欲以高溫的靈魂深度鑽探、挖掘，其難度和不可能

一如面對礦脈的難以真確掌握。首段是說若「沿礦苗凋萎的路徑」（想看清曾被前人探索過的路徑和可能未被深掘的母礦），用「靈魂的高溫」碰撞金屬，「的確不安和徒勞」，「挖掘的沉鐵」因「鑽岩頑抗」，「既不是破碎，也未完整」，指出探索的困頓。二段則說同行者背離，只能孤苦深入，像「徒然將信物投入洞窟」，「也許幾次後悔」，但仍欲看清探索之脈礦。而面對多番經歷了同行人相繼離開，本不相信這是事實，但「惡夢的秘密」告訴自己這是真的。因此「難以偽裝」獨行的「泥濘，危險」，「絕望地懷疑」自己真有「穿越這片脈礦的意志」。

末段起句說「最後礦藏如實留下」，表示自身深入礦地終於離去，沿途見到礦井裡棄土荒涼、「無法腐爛」如「貧花虛空」的闐黑「骨骸」。很幸運自己曾接近過，因「只有不敢想像的天賦／才能接近那裡」，末五行則補充「無主之地」「那裡」的所見：坑道如「心的縫隙」（微血管）縱橫交錯、偶爾遭遇到「鞭子和駱駝」的痕跡，但隨即離去，只因那裡地質不穩、險峻難行、是連黃沙皆要「動搖」的。最終「那裡」仍是「無主之地」，只餘「時間」才是真正的「領主」了。

如此說來，〈無主之地〉是無所不在的，小至一塵、大至天宇，無非都是。讀哲學所的廖亮羽理應拿此詩來當她的《時間領主》一書的「開卷詩」才是。

她的詩不願單純地停留於抒情，甚至不屑透過抒耽溺之情去討好讀者，而更在乎表達她長期對這個世界的追問和人性之極限和可能墮落至何境地的觀察，將這些生命思索的過程、但並不見得有結果，於沉殿思索後付諸於詩。近年其關注之議題越發聚焦於病、死、末日、行旅等命題上，此病可能是心病，此死可能是心死，末

日可能是人性之末日、城市之末日、野心之末日、一島一國之末日，行旅可能是迷幻或夢或電影或城或國或VR之行旅。除了上述〈無主之地〉作了具體而微的呈現，當她說「不容質疑的大樓，又不容／抵抗的大道。盤繞城市／切割天空的臉孔，我日夜行旅在／樓叢埋覆足跡的陰影之上」，她是建築工人，正在經歷城市文明之病。「那沒有我的居所。所有燈火／輝煌盆地都只在建築一件事：／那不是我們的居所」，她透過工人的嘴為工人吶喊，「把生命榫進樑柱／且准許骨頭安置於板模／成為教堂裡／沒有信仰的廢土」（〈工人〉），她經歷著沒有居所又建築著居所的工人之痛之死，那是她行旅在世界各地之外另一種精神行旅的方式。她所說的人性之病、死、末日、行旅，其實無事不在經過，如〈看不見的房間〉後半所說：

　　我們跑步、流汗，排出眼淚的重量
　　試著牽手、爭吵、做愛
　　驅趕生活的蚊蚋，來回叮咬著疤
　　也許是反覆妥協的癢
　　人生收納起來，只剩口袋

　　我們越過人流馬路，不斷暫停
　　窮困在紅綠燈，數計期待與失落
　　耗盡理念的書包
　　學習斑馬線的劇情
　　演出一個人的影子
　　重覆另一個影子

進入彼此看不見的房間

在鏡子裡看見父母的陰影

在水窪裡看見自己

由泥淖的表情誕生

從另一張臉結束

沒有人說很容易

　　人是不斷舊病重患的，心病或犯賤的病是治不好的，只「來回叮咬著疤」、只是「反覆妥協的癢」。如「人生收納起來，只剩口袋」，我們重覆的是有如「在鏡子裡看見父母的陰影」，那是人性的泥淖，分別被鎖在看不見的彼此的房間，別人進不去，自己也出不來。

　　她像初來乍到地球的時間領主，對這一代的年輕充滿了「末日感」，如〈青年懷疑論〉一詩第二段：

除了峰頂

還有更精銳的雪崩嗎

我懷疑此後

再也沒有

谷底了

我懷疑當代

只是仿冒

山勢的背影

我懷疑未來便是這樣

鋪設所有嬰孩
踏在另一個少年的
枯骨上
無以為繼的長大

她說的「此後再也沒有谷底了」，亦即未來再無更低的谷底，
這裡已是末日之地了，以後青年再也「無以為繼」了。後半說：

每一片痛處已衰老不堪
不及複習的舊疾
以應接不暇的劇變提防
被美好的理想襲擊

恍若愛情的
窮困完好如初
我懷疑明日
是下陷的谷地
我懷疑世界
是我
與你們
興建懸崖的處境

說的是青年無處可逃，再逃仍是懸崖和谷地在前方伺候。其背
後一定有恨鐵不成鋼，負負想得正，要有所作為和期待的意圖。
然則內部的空間比外部大，其實並不是一個形而上的哲學命

題，也不是一個像泰迪斯一樣的科幻影像，它根本是科學知識和如假包換的宇宙性真理。比如說，世間任何的一克質量不起眼物質，包括我們身上的膚髮屎尿，或不具生命的石子塵沙，僅僅一克，乃至二十滴水，若將其中能量完全釋放，均可以讓家裡的電鍋一直煮開3000年。這正代表的是任何眼睛可看見的有限的外部或宇宙任何不起眼的可外觀現象，其實沒有辦法理解其內部到底隱藏了多麼巨大的能量。這就像一個弱不禁風的女孩如廖亮羽就展現一個無限可能的巨大能量。她像乘坐「塔迪斯」（TARDIS）來到人間，嚐盡人間疾苦，「要成為悲劇最好的朋友」「拾起城市的碎片割開動脈／終於感到還有血是熱的」（〈年〉），認為「痛苦是一份禮物」，即使「意外或命運」的手「從不沾血」，我們「總是必須做些什麼／讓森林可以運轉自如」（〈你以為可以不說一聲就走？〉），要世人不要「在紀念碑裡找尋和解路徑」，不要如「這座城與那座城的青年／相仿墮入／華爾街指數的指掌中」，並「以學院捏塑疲憊的學歷」（〈失序〉）。

「整座城市並非失敗者的劇場」，人可以「成為一個不被需要的人」，但卻仍可以回頭握住自身，一但明白任何事物無不「內部的空間比外部大」，因此不只是廖亮羽可以搭著「塔迪斯」（TARDIS）行影飄忽，無論何人，自身就有「塔迪斯」可搭乘、乃至自己就是「塔迪斯」本身。學哲學的廖亮羽大概是女性詩人群中極少數思想深刻、自覺性極高、不沉迷於純抒情的，她的最新這本詩集透露了她在不知真假迷幻藥癮中看過乃至跳進過時間的漩渦，回來後告訴地球人說「世事無一能逃脫腐朽／我們仍要選擇星球／種那朵玫瑰」，不論是什麼顏色的玫瑰，一但種下，我們的心就不會是「無主之地」，自己就開啟了「內部的空間比外部大」的

人生新行旅。那時，任誰都或能明白，「時間領主」是不假外求的，當我們搭上自己的「塔迪斯」以後。

點「金」成詩
——歐陽柏燕詩集《燕尾與馬背的燦爛時光》序

歐陽柏燕是第一個以詩記錄金門這座島嶼之愛與死的女詩人

再也沒有一座島嶼的土地曾像金門一樣，被那麼多的鋼和炮和火和恐懼和血和肉撞擊過。小小一座島，曾擁擠過那麼多不同口音的人聲和呼叫聲，絕對是史無前例的，響過的腳步聲、吉普車聲、機槍聲、登陸艇聲、和炸裂聲，數也數不清，至於腳印、車轍、和履帶犁過的痕跡更是早已把金門徹底地「整型」過了。在這種時空背景下出生的金門人，都會有種脆弱如一根小草卻長在鞋印上的不堪感受，完全無法預警何時會有第二隻第三隻腳再踩踏下來。

歐陽柏燕雖然生在八二三砲戰（1958）的後兩年，然而「單打雙不打」的「準戰爭」經歷則由出生一直持續到她高中畢業離金赴臺為止（1978），砲彈持續擊落她的夢，幾十年來一直不曾停止過。始終纏繞不去的是死亡的恐怖氣氛，這是做為一位金門人一生皆難以揮掉的噩夢。當她說「晃動的天地中／還能選擇什麼密室／安置落難的黑影」、「只能聽聲辨位／無從追索月光的腳印／找到安全的洞穴／深入睡眠」（〈祈禱‧砲聲走遠〉），她說的不是男士服役的一年兩年經驗，而是毫無止境的十八載歲月。當她說早晨踏出家門時：「我不知道該先踏出／右腳還是左腳／才可以確保一

日的平安」（〈前線，後面有什麼〉），當她說她穿過「比影子輕的光的記憶／比塵埃密集的彈雨／比刀鋒更銳利的恐懼」（〈戰火紋身〉）時，她講的是從幼年到青春期之身歷其境，而非幻夢，而且她說的不是她一人，而是全金門子民漫長光陰中如賭骰子般被死神選中的機率。

歐陽之所以會如同許多金門人後來成為小說家、畫家、和詩人，絕不只是因離鄉背井的鄉愁，而是因金門就是他（她）們的肉、骨、魂、和痛，金門就是他們被徹徹底底地以血和死鞭笞過蹂躪過的母親。那是一種「身未死，心已先被掩埋」（〈碉堡上的刺荊棘〉）的深刻體驗和爆發方式。那是一般非金門人很難體認得到的，「一部戰爭片／不會特別告訴你／如何修補被一顆子彈／劃破的天空」（〈誰能告訴我〉），再多的戰爭片也無法修補四十萬離開了金門的百姓、以及還留在金門的四萬子民曾被子彈和死亡碎片劃破的心。「死亡並非完全結束一切／它凝固、儲存了一切」（〈戰火紋身〉），歐陽如今卻企圖用詩將儲存的一切予以還原和修補。

歐陽柏燕於是成了第一個以詩記錄金門這座島嶼之愛與死的女詩人。

在她的詩中，她是以既非女亦非男、既是女亦是男的口吻發聲的，她是替已死在這島上及還活在這島上的人、也為一九四九年前離開金門卻活在對岸、回不了家的金門人「舉詩」抗議。她相信「再多子彈的火花／都比不上一首詩的威力」（〈詩與子彈，誰飛得快〉），她相信「牆面上密佈的彈痕／不該變成生活中的收藏品／綿長的優美海岸／腳印不該踩著死亡的名單」，她相信「從哀傷的洞口」會「長出青苔」、「斑駁的痛處有藤蔓想爬出來」，她相

信「詭祕如霧」的金門，既然「瞄準／一座島嶼／一個村莊／一個人」，她就是那被挑中的人，既然「整整死了五十年」，就該在詩中「激烈的活上五十年」（以上皆見〈黃昏，走過古寧頭〉）。

沒有人能徹底釐清有多少悲劇因金門而生，但因一條水道的劃分，明明兩門（廈門、金門）相對，竟然一甲子要繞遠道而行的政治荒謬劇，歐陽在詩中一點都不假以辭色。歐陽站在這顆臺灣海峽的肚臍眼上，她要說的都藉助不會分界線、或什麼中線、和顏色的候鳥來代她說話、藉鸞、藉蝙蝠、藉魚群、藉彈塗、藉浪花、藉野百合、藉荊棘、乃至藉碉堡來代她發聲、呼籲、奔走、和抵抗：

> 候鳥向天空借神話／飛出一條新航線／稀有的鸞在潮間帶上／爬出孤絕的心聲（〈浯江溪口〉）

> 潮濕的坑道／有蝙蝠倒懸自己／把哽在咽喉中的話／大力咳出來（〈心戰喊話〉）

> 子彈轉彎進入／詩人用心彩繪的靶心／反戰的腦波一陣狂掃／自碉堡心窩射出一幅畫（〈自碉堡心窩射出一幅畫〉）

> 需要種下多少野百合／自然的眼耳才會相信／純潔清香／和平的歸宿／是沒有刺的（〈碉堡上的刺荊棘〉）

> 當魚群輕易游過中線／海鳥輕鬆飛回不分畛域的巢／朵朵浪花也匯集一起唱歌／只有被撕裂的人心／注視旋轉中的地

球儀／意圖利用自己的掌紋／烙印掌控乾坤（〈黑色的流星〉）

一隻瓶子／漂流四十載／沒能得到半個貼心的機會／上岸／晒乾潮濕的哭聲（〈一隻瓶子的哀歌〉）

「候鳥向天空借神話／飛出一條新航線」是說三通的「航線」之被渴盼多年有如神話難以落實人間，而如稀有之「鸞」的金門人誰能聽到他們「孤絕的心聲」？以詩表白就有如「蝙蝠倒懸自己」只為大力「咳」出苦痛。長年以來金門人期待和平的「野百合」心情始終如一、卻沒人相信他們不帶「刺」，只能朝朝暮暮看到「魚群輕易游過中線／海鳥輕鬆飛回不分畛域的巢／朵朵浪花也匯集一起唱歌」。而那種期望兩岸親人團聚自由來往的心聲絕非只是金門人而已，是廣大人民被一海峽隔絕的無依境遇，真有如海上漂流的「一隻瓶子」，始終想「上岸」、好好「晒乾潮濕的哭聲」。金門人可說對這種近在眼前卻遠在天邊的苦痛感受最深，歐陽若不將之以詩傾吐，真會讓金門人長達一甲子的怨氣難以「冒煙」。

當然，歐陽在記錄、還原、修補自己的金門檔案中，她唯一的目標無非是「祈求僧定一座搖晃的島」（〈黑色的流星〉），期待曾在炮火中搖晃、夢境中搖晃、也在戰史中、在金門人的記憶中搖晃不止的島，可以暫時「僧定」，獲得一刻、一瞬的安詳，這是金門女子多麼卑微的渴望。當她在說「每一個字都在顫抖／逗號也躲入蝌蚪腹中／哭泣著不肯出生」（〈誰能告訴我〉）時，她說的就是金門。

幸好歐陽並非全然以撻伐、批判的口氣，有時是祈求的，有

時是調侃和戲謔的（如〈十行詩——單、雙號要記〉），有時是兒童的、有時是母性的，處處隱藏了濃烈的「金門密碼」，這是歐陽身為金門女子的不幸之幸。她對金門事物無比熱誠的企圖和介入、漫長艱辛的童年回眸、以及長年與之摩搓、貼近的觀察，那也是臺灣本島女性詩人遠遠無法觸及的。未來她必可以其獨有的、無可取代的金門經驗和題材，深刻地建構出她所特有的地方書寫——以詩「點亮」金門。

養一場大雪在詩上
──龍青詩集《有雪肆掠》序

一本黑夜之書、欲望之書，一本藏躲和釋放自身能量的詩集

這是一本黑夜之書、欲望之書，一本關於女性如何藏躲和釋放自身能量的詩集。詩句本身就是巫語、咒語，喃喃叨唸之際，詩的文字似乎就自四周虛空中汲住無盡的能量，自詩集的紙張上一朵朵漂浮起來，準備擊傷一切「來犯」的有情眾生。她是為黑暗洗心、為月為星為情為愛為天地大能守夜的女巫。

該可理解為何此書會取名「有雪肆掠」，雪不只下在千里之外雲夢大澤她家鄉的雪，也是下在十里之外立在山頭遙望隱隱作痛的鄉愁，更是下在十公分之外枕頭上晶瑩的淚花。它們也具體而微化作長在枝頭長在月色裡肆掠而下的桐花芒花梨花，一切純白的有情之花。

而花朵正是天地能量最巨大最恐怖的象徵物，一年四季，管它春夏秋冬，總有什麼花竄出枝頭填滿我們的眼睛，看花人遂為天地宇宙強大繁殖亟須交配的欲望所佔領。於是「有雪肆掠」，其實即「有能量肆掠」、「有情肆掠」、「有欲肆掠」，她是為天為地為世上有情眾生養一場大雪在枝上山上心上詩上之人，而美之以「雪」之名、以「花」之名、以「詩」之名。

以是只要詩人想寫詩，那欲望之「肆掠心頭」就會一如想「肆掠枝頭山頭」的花朵們，永世不會衰竭。

因此，也可理解作者何以會借用波赫士的詩名「循環的夜」當作此書的開卷之作了。只因那充斥天地宇宙間最巨大最恐怖的能量是循環不歇的、自強不息的，來來去去，像龐然無可填補完畢的饑餓，糾纏著所有事物，不只是人而已，人只是可以將之寫出來的唯一生物。因之，「循環的夜」其實即「循環的能量」、「循環的花」、「循環的欲」、「循環的饑餓」，我們的小循環只是更大的循環中的一微小鏈節而已。她是站在自己的小循環上大聲唸咒、以詩嘶喊的女巫，要有情眾生自此醒覺，脫離此環扣而去，雖明知那是根本上盤枝錯節的不可能，不得已，她只能寫下咒語，遂成就了這本詩集。

這也是為何龍青的詩裡有那麼多的夜、黑、影、暗這些字眼了，請問大白天女巫會想「作法」嗎？當然是趁「黑」趁「夜」當「暗」籠罩當「影」四壁游走之時，被「作法」之人才易被蠱惑、身心迷幻、想像力才會豐富起來。

這本詩集中「夜」字出現過75次、「暗」字出現過61次、「黑」字出現過59次、「影」字出現過53次，皆遠高於「死」字的37次、「空」字的35次、「冷」字的31次、「夢」與「停」字的27次、「時間」字的26次、「愛」字的20次、「寂」「獨」字各18次、「獨」「裂」各17次，但「恨」字一次都沒有。從她用字的傾向可以看出，她以暗影模糊一切的黑夜女巫特質了。

即以「夜」、「暗」與「黑」幾字為例，如下舉詩例：

讓人心痛的古老花園深處

語言已經無法拯救內心的隱痛
夜被緊咬在沉默的嘴中
抖動著，直到
抖動成為**黑暗中**唯一的聲響

（〈循環的夜〉）

在**香頌藍**的冰冷裡
行走是安靜的，游動是安靜的
攀爬和翻閱也安靜，靜靜
在**夜**底湧動的微光中
用濕亮的尖叫寫下一行又一行

（〈香頌藍的抵達之書〉）

門在背棄之傷中被打開
你書桌前這扇窗，窗後又隱藏著甚麼
不管被世界背棄多少回
黑夜總能將所有撕裂一一縫合

（〈再見〉）

　　上舉三節皆有詭異的像是隱藏了什麼故事什麼能量在裡頭，像藏住負面的必須「緊咬」、「冰冷」「安靜」、「背棄之傷」的不可見光的「隱痛」在其中，卻又得在黑暗中「抖動」「聲響」、在夜底「湧動」「微光」「濕亮的尖叫」、靠黑夜將「撕裂」「縫合」，不管用什麼方式。這是女性詩人才具有的對「黑」「暗」「夜」的敏銳和基因、也是最能吻住其身心靈的依存與倚靠。

又比如下舉兩小節：

而虛無之外
黑夜也無法拿開的憂傷在土地裡腐爛
手中妳的信箋慢慢變脆、發黃

不忍觸碰的我們的傷口
總是在今夜
被打開

（〈寫給永遠的一封信〉）

這是個煩悶的黑夜，等待你的只有一場沉重的賭局。越往前走，空氣越燥熱、塵埃越炙灼。時間分裂出無數的殘渣裡，隱藏著巨大的島嶼，你只能緊緊地擁抱意外。甚至，像狗追逐著骨頭般地，那樣無知。

腳步的回聲、剃刀與黑暗的記憶於是緊密相連，似乎有一隻冰冷的兔子膽小地縮回前足，那麼怯弱地急急奔跑在你面前，又斷然駐足，消失在黑暗之後。

（〈附魔者〉）

這兩小段也是隱去了人間多少情節和淚痕，像舐著自己傷口的小獸，無法大聲嚎叫，卻有著世間普在的「憂傷」和「煩悶」，而又不可「觸碰」、而只能與「黑暗的記憶」「緊密相連」。

龍青說的雖是一己之「傷」和「怯弱」，卻又類同普世皆然的「萬古憂愁」，幸好她能用具體的形象（比如「殘渣裡」有「巨大

的島嶼」，比如「黑夜也無法拿開的憂傷在土地裡腐爛」）和優美
的文字予以展現，便有了足資徘徊、回味、咀嚼的興味。

　　但當她寫到下舉三小節時又有了新變化：

　　　黑暗是
　　　一隻浸了千年月光的蟲子
　　　在潮濕的夜裡
　　　爬進你砌了半生的牆

　　　　　　　　　　　　　　　　　　　（〈黎明〉）

　　　水流在黃昏之後變深，夜
　　　沿著河流向下
　　　於是妳開始穿越河流
　　　用妳發亮的槳

　　　抵達一個不醒的夢

　　　　　　　　　　　　　　　　（〈致黃昏的隱者〉）

　　　我在夜裡吸食你的手指
　　　儘管語無倫次，但我想起南方
　　　想起你眷養的那場雪
　　　一片一片飄在夜裡，微小卻
　　　令人神迷

　　　　　　　　　　　　　　　（〈養一場月色在雪裡〉）

此三節的「暗」與「夜」開始有了動感：「黑暗」是會「爬」的「蟲子」「浸了千年月光」；「夜」沿「河流向下」，「妳」以「發亮的槳」「穿越」；「雪」「神迷」地「飄在夜裡」，而「我」正吮著「你的手指」……。咒語連連，似霧似謎，不欲人清晰地看見，卻有了光亮和出口，像有神跡出現一般，但得當她的欲望和魔法出動時。

　　其實她的詩都不宜分節分段去讀，而應整首地感受她詩的氣味和氛圍，像不宜只看半場法術和一半的畫軸一樣。她的詩有奇特的整體性，比如下舉這一首〈芒〉：

　　　芒在枝頭扛起朵朵

　　　秋天

　　　瘦弱與豐盈依序起　落

　　　牽游人的枯寂

　　　漸次趨身

　　　仿若有雪紛沓啊

　　　穿越午後的光　影

　　　迅雷如魚

　　　暗啞的鐘聲

　　　自風的深處流散

　　　……漲潮了……

　　此詩十一行，首二句就令人眼為之一亮，「秋天」「朵朵」被「芒」「扛起」，形象具體而創意十足。第三句寫其「形態」之

「弱」（扛不住）之「盈」（但美極），四五句寫看芒人的好奇和與芒之互動，六七八句寫芒之光影不可捉摸的動感，之後九十兩句寫其於風中互磨窸窣隱微的聲響，卻用「喑啞鐘聲」、「深處流散」予以具象化，將芒林的淒美感受寫得甚是深刻。末句單獨一段，看是突兀甚至不解，其實芒花大片湧動時，其推移感以此簡單一句反而盡得其美，且以點點點前後包抄，整片動感形態反而更為突出。此詩意象流動快速，也正符應了秋芒予人的不可掌握感，一如意識流的推移一般。而意識流似的動態筆法，正是龍青詩作的極大特色。

期待她繼續「有雪肆掠」，養更多場大雪在詩上，養更多場「月光」「在雪裡」，但千萬別把讀者給埋了。也得讓他（她）們看得到大地起伏的形狀，也得讓他（她）們「日」以繼「夜」、「雪」後有「光」有「春」。且讓我們拭目以待她「雪」融後「能量」的爆發方式。

看黑暗怎樣焊接住靈魂的銀河
——從《浮生》看古月的《巡花築夢》

無為而治非單純一名女子的生活方式，而是萬世女子的生命態度

I、萬世女子「無」的生命態度

　　陰陽互動是宇宙最奧妙之事，其原理不可解、不宜解，只能遠距觀之。女性與男性豈僅如火星與金星般的關係，更可能是此地球與彼數光年外另一星群上的地球的關係，熒熒一光牽繫著，其餘渺然難解。

　　或許有一比，男與女有如物質與暗物質、能量與暗能量、星系與黑洞的關係。男性偏向顯現的、可見的物質、能量與星系，女性偏向不顯現的、不可見的暗物質、暗能量與黑洞。據說前者僅占宇宙總質能的5%，後者可能多達95%。且可見的和顯現的這5%，乃不可見和不顯現的一時縱容和暫時轉換狀態，像大洋中偶而浮出凸顯的一些小島，而不可見和不顯現真正洶湧可怖的則是大洋本身。

　　以是此男女二性關係之複雜，其實即宇宙自身複雜的暫時縮影。

　　因此當古月與李錫奇二人於2006年受訪時，兩人下列有趣的對話中，古月表現的並非古月一人而已，而是天下萬世有情女子的共同特質，卻是天下男子始終難以明白的：

古：藝術是他的生命，他愛朋友、藝術、小孩，都超過我，可是我不以為意。我很自在，也不受約束。我是詩人，選擇嫁窮畫家，別人以為我唱高調，嘿，四十年婚姻證明我沒錯。

李：如果人生重來，我還是會選藝術這條路。我七十歲了，什麼人生苦頭都試過了，每天想的，還是創作。她的散文寫得好，我敢這樣說，可是她懶，不寫。（古：只有創世紀詩刊來催稿了，我才寫；不催，那期我就漏了。）以前卜少夫在世，叫我要古月多寫；席德進過世前也讚美她的文章。他是很少誇人的。她寫藝術家故事，很有感情。

古：我沒有理論，只有感性。（李：你有天分，卻放棄，可惜呀。）我都六十歲了，如果重回卅年，我還是這樣過。（李：你太無為而治了。）我不知道怎麼振作嘛。

（2006/06/06 聯合報周美惠、梁玉芳採訪稿）

　　古月說李錫奇「愛朋友、藝術、小孩，都超過我，可是我不以為意。我很自在，也不受約束」、「我沒有理論，只有感性」、「我不知道怎麼振作嘛」，就一般男性的觀點而言表現的似乎是消極的、懶散的、甚至頹廢的。因此李錫奇才會說「你有天分，卻放棄，可惜呀」、「她的散文寫得好，我敢這樣說，可是她懶，不寫」、「你太無為而治了」，不像他自己「每天想的，還是創作」。此即天地奧妙的造設，一方即使「重回卅年」仍然要「無為而治」、一方行年七十依舊「積極憤發」。

雙方很像老子與孔子在對話，卻是站在永不交叉的兩條平行線上、宇宙明暗的兩方。一個採取隨性的、一切終將趨於「無」的態度，一個在意肯定即使一口氣尚存仍要一搏的「有」的人生觀。因此古月與李錫奇二人受訪時很自然的對話所展現的，並非他們二人之間的對話而已，而是萬世女子與普世男人之間、或者陰與陽之間、乃至道家與儒家之間的各說各話。一個自然表現了「整體的無」之「暗能量暗物質」的觀念，一個呈現了知其不可亦當一為之、要爭「一時的有」的作風。

　　因此當1997年商禽以他覷人的特異眼光說古月「是女性詩人中少數具有宇宙視野的作家」（《創世紀》112期）時，這結論其實正暗合了上述「無為而治」近乎「道」的氣質，而商禽這個用辭是大膽而令人驚異的。其原因或是商禽寫的這段話：

> 美麗與哀愁幾乎和女詩人畫上了等號，但對於古月來說，美麗乃屬本然，哀愁卻永不泛濫，因為她是一個有信仰的人；在她心中，有一個定定的目標，讓她去仰望，去追隨。因此，即使在她少女時期，便已成為一個「追隨太陽步伐的人」。

　　「美麗」與「身體」有關，「哀愁」與「情感」有關，商禽說古月「哀愁卻永不泛濫」與其能將中國古典詩詞現代化有關，而且因她「有信仰」、「有一個定定的目標，讓她去仰望，去追隨」，商禽說的「目標」可能是指上帝、或祂的化身、或派到人間的使者。但按商禽上述這段話，好像「有信仰的人」、「有一個定定的目標」去「仰望」「追隨」就會有「宇宙視野」似的。但

天底下有上帝信仰的人多的是，並不見得一定有「宇宙視野」。這段話較可注意的是「在她少女時期，便已成為一個『追隨太陽步伐的人』」，說的是古月對空間（太陽）和時間（步伐）的注視，起步極早，這使得她不致於只注視到與「身體」有關的「美麗」，與「情感」有關的「哀愁」，她的注視還擴及天地宇宙，並以之回應自身，尤其是其對「時間感」的敏銳最可注意，這使得她的「視野」不停留在個人身上，而能與天地宇宙有了對話。

　　而當一個人「超出在者之上」去追問，以求「返回來，對這樣的在者的整體獲得理解」（海德格）即是一種形上學，因此古月說「如果重回卅年，我還是這樣過」，在李錫奇的眼中是「你太無為而治了」。這裡的古月的「我」、李氏的「你」，並不是單純一名女子的生活方式，而是萬世女子的生命態度，其中隱藏著天下男子都難以理解甚至天下女子亦不甚意識到的宇宙質能互動的奧祕，而當古月偶而興來、懶散地、火山爆發似地將一生各個瞬間感受的悸動、顫慄——尤其是強烈的時間感——予以捕捉和展現時，這其中自然隱含了樊人商禽口中的「宇宙視野」。單單看本文主標題採用古月這麼視野寬闊的句子：

　　看黑暗怎樣焊接住靈魂的銀河

當能明白商禽所指為何意了。

　　不能避免的，有些讀者會過度注意古月寫情感追尋、風花雪月的部份，論者也或會批評她此方面的詩作有時不免輕逸和自傷，若如此，則她的創意和實驗（比如《巡花築夢》中以散文之敘事與詩之抒情結合的寫法）、和她感受到的不可見之宇宙規則、能量與

視野的書寫往往容易被忽略，這也是本文試圖觸及和予以還原的部份。

　　當然，要以男人觀點去評析古月的詩，是不易的、不免隔靴搔癢的，而且有可能落入萬世男女類似古李二人的對話方式和難以釐清的困境。

II、從一日一生到一夢一痕

　　2010年古月出版的詩選集《浮生》時，即隱含將她的生命觀以分成三卷的方式隱射其中。到了2016年的最新詩集《巡花築夢》仍沿此方式再分成三卷，其生命觀又更灑脫，並將之推至極致。為方便說明，先將此二書各卷以圖展開，顯示其整體的結構和主題，如下列圖一：

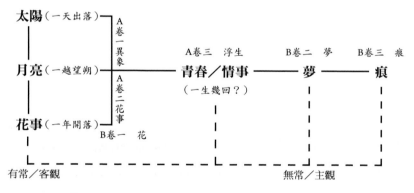

圖一　古月兩本詩集A《浮生》B《巡花築夢》的主題與結構

　　圖中A代表《浮生》，B《巡花築夢》。《浮生》卷一「異象」，包含了她的第一本詩集《追隨太陽步伐的人》和第二本詩集

《月之祭》的部份詩作，而「太陽」與一天的黎明到黃昏、日出到日落之快速變化有關，「月亮」則是初一至十五的月圓，再到月底朔月的規律變化，其〈月之祭〉等十首是此卷一寫得最好的部份。這或也是商禽說古月「是女性詩人中少數具有宇宙視野的作家」的原因。《浮生》卷二「花事」的「花」與一整年季節的更換有關，花開數日，卻需一年三百多天的等待，其等待是漫長的。卷三「浮生」的主題問的是一生能有幾回如花開的青春、和愛情？身心靈如何和諧、安頓？站在時間的渡口不停地發問，剩下的卻只有漫天蓋地的蒼茫和滄桑。這主題其實也不斷出現在前二卷，比如「遙隔星河，誰來引渡／誰來拴緊漂泊的方向」（卷一〈誰來引渡〉一詩）、「什麼都潛沉下去了／唯有往事卻鮮明地浮上來」（卷二〈如果還有明天〉一詩）、「有什麼能夠長存呢／我的哀悼竟也這麼短暫」（卷二〈我的夢〉一詩）。

　　而2016年《巡花築夢》一集的卷一以更簡略的「花」字縮影了《浮生》的前兩卷，因為花開花落與日月巡行、季節更迭相關。而《巡花築夢》的卷二卷三以「夢」及「痕」字代表，等於縮影了《浮生》整本集子所欲表達的：從一天的日出日落、到一月的月圓月缺、到一年的花開花落，最後到一生的屈指可數的情事和僅只一次的青春，以致有夢幻泡影、有痕如無痕的空無感。

　　相對於《浮生》由「異象」而「花事」而「浮生」的向外看、向外尋索（日／月），雖知其終是「虛浮」（花終要謝去），眼睛仍是朝外的。但《巡花築夢》則顯然已由對外（花）向人事物的失落，轉而向內自我構築（夢），眼睛是不斷朝內看的，雖然其最終也是空無痕跡（痕）。當然「築」一字仍多少有點積極意味，只是夢築之末僅餘碎痕，再難拼全，一如船過水痕終究散盡。

於是以有常之天地運行與無常之人間糾葛粘結不斷作辯証、質問和對話，成了古月詩作的最重要主題，而時間的壓逼也成了她詩作主要之意向性所在。

上述圖一與時間、空間、和意識的關係可再以下表簡示之：

太陽／月亮／花事（自然界）	客觀時空（空間情境帶出時間感）	物質（含能量）	物理時空（外）	有常／易觀察
青春／愛情／夢及其痕跡（有情界）	主觀時空（時間變化為主）	精神（含意識）	心理時空（內）	無常／不易觀察

而古月在《巡花築夢》中對「時間」或「時光」的感受已與《浮生》有所不同，《浮生》中她會說：

1.
時間是支變調的老歌
在半透明的薄暮裡
捕捉不住一枚紋蝶
卻聽到一聲鏗然
是那撫劍英雄的嘆息

（〈秋之旅〉之二）

2.
我的眼睛因望你而
灼傷
仍投以千萬遍瞻戀
你是隨時間變形的

沙漏嗎？

我張開雙臂

再也攬不住什麼

（〈時光行〉）

3.

春在那裡　渡向何方

舟子停泊吧

且聽櫓聲收斂後

時光疲倦地擺動

（〈春之聲〉）

　　上面所引三段俱為三首詩中的某一段落。第一首此段的時間是
「會變調的老歌」，連紋蝶也捉不住，只餘嘆息，是秋之時光予人
的蕭瑟感。第二首問「你是隨時間變形的沙漏嗎？」，寫的是時逝
人俱非。第三首說的是停不下的舟子如人不停不下的腳步，人連聽
聽「時光疲倦地擺動」的時間都沒有。三段說的盡是人與時間兩匆
匆，一如日月花事之運行，沒有使有常之事作任何改變的能力，只
有隨時光俱流去的無奈。

　　《巡花築夢》中古月則已明白將時間延緩下來的方式是「巡」
和「築」，既「巡」或「築」就不可能一瞬只是一瞬、一日只是一
日，當將自己置身其中或抽身其外、或將之重構重組、反覆搬演
時，其與原有時間的速度乃大不同。比如《巡花築夢》的〈戲夢人
生〉一詩中〈觀者〉一節，她說：

一段情　在戲臺上發酵
人一生的苦短
不若臺上游夢的長

不能複製的時光
當鑼聲響起
揭開幕　揭開一扇如意門

　　此詩之意是說情和時光都不能複製，只有搬上舞臺、創製成作
品時，才有其再現性，宛如「揭開一扇如意門」。生命苦短，游夢
變長，夢如演戲，再現、重構、乃至吐出了時光吞噬的一切。

　　古月至此對人生的看法顯然有了〈變奏曲〉：

只道是人生多風雨
有些風景只能靜靜的看
有些情懷只能黯然一笑
如今半世浮萍隨水逝
讀來　也僅是一杯茶的時間

　　「半世浮萍」與「一杯茶的時間」等值，這是她「巡」過大半
生所得。長可縮短，短也可放長，而「築」的工夫最重要，如《巡
花築夢》中的〈惜春‧春且住〉一詩的中間兩段：

穹蒼下　一顆顆滑過的流星
在時光隧道中

蝴蝶般飛舞九天

浮塵幻象　是幽祕的靈魂

歷經百年跋涉　千年的輪迴

夢中　八千里路雲和月啊

有多少前世今生的蒼涼

生命中　巡花築夢的浪漫

醉裡劍指三秦的豪情

風流惜花

把夢搖曳成花影清韻

陳述一個時代的演變

以言志抒情貫穿古今：

「簫聲咽⋯⋯西風殘照漢家陵闕」

臨風　淚濕了鄉愁

　　此二段詩氣宇軒昂，由天而地、自古迄今、由遠指近，從流星的身世想及其如「蝴蝶般飛舞九天／浮塵幻象　是幽祕的靈魂」，恍惚夢中之境，其過程與自己或柔或剛的性格：「巡花築夢的浪漫／醉裡劍指三秦的豪情」無異，既可「把夢搖曳成花影清韻」也可「陳述一個時代的演變」，也言志也抒情，既古又今，宛如自己就是「流星」的化身，自夢中來，向夢中去。

　　由此可看出古月是越發瀟灑自如了，一如她面對世間一切美的事物的態度：

　　美麗的情節　如同

美麗的夢

只有瞬間　沒有以後

（〈飛去的小鳥〉首段）

　　這些詩的段落不再如《浮生》一集那麼充滿了時間的壓逼和窒息感，令人幾難喘息和停步，《巡花築夢》中仍不改她對時間長期的質疑，但領會更自如更瀟脫，有了俠女的視域和性格。

　　也或有一比，《浮生》找的像是可以煮沸自己、燃燒自己、但可能燙傷自己的、外來的一把火；在尋索的過程，不穩的「浮感」有如坐立難安的一鍋湯，始終等不到有人來煮開它，怨嘆難免。《巡花築夢》的「巡」與「築」就有將腳步放緩、放慢，回頭將「花」與「夢」與生命長度等值齊觀，內在（夢／靈／身／心）與外在（花／自然／人事物）只是天秤的兩端，平衡或起落再不強求，「放鬆」了緊張的關係，乃走向了更為自如自在也更自由的生活態度。

III、萬世嫦娥：一個人的飛翔

　　由於生活中的日常活動、意識、或行為皆轉瞬即消逝，因此藝術不得不扮演保存乃至企圖將生活中之某時某刻予以永恆化的一個角色（世間女子可能不以為然）。即便它可能只是一瞬間，詩創作卻意圖將生活中那種偶然的易消逝的狀態轉化為一種延續和永存，海德格稱這種「由當下向過去與未來伸展的特徵方式」，為我們經驗中的「綻放特徵」、「出離自身」或「綻出」。高達美（H. G. Gadamer）則稱為「絕對瞬間」，說在那一刻常常是「忘卻自我地

投入某個所注視的東西」、「完全不同於某個私有的狀態」，而且最關鍵的是可以獲得「同時性」，是使後來的讀者可以「在其表現中贏得了完全的現在性」、「像某種現在之事（不是作為當時當年之事）被經驗並被認真地接受」。

因此要使一般的「物理時間」，經由意識的「意向性行為」，從「結果」（如把釘子用錘敲進木頭）轉向「過程」（握釘的手指頭和敲捶的手腕、和臂肘感覺均不同，均可意向而得），亦即從時間客體的顯現轉向對時間本身進行的描述，即可顯現時間的特質，以此而獲得「時間性」或「時間感」。因此當古月《浮生》一集所選第二本詩集《月之祭》中關於月亮諸作，乃至在《巡花築夢》的〈紅月亮〉、〈是誰擋住了月光〉、〈讀夜〉、〈不眠夜〉、〈花月痕〉、〈無塵——寫那個畫荷的男子〉等詩中，月亮的不同形象、色澤、傳說、故事，均使月亮成了古月詩中極重要的寄託、情結、乃至象徵。

亦即若人將意識意向「月球」之「光芒」時，就可寫「月之芒」；意識意向其「圓缺」時，就可寫「月之晦」；若意識意向其「傳奇」時，就可寫「月之怨」、或有關后羿與嫦娥的〈紅月亮〉了。因此主體意識的意向性方式可以對客體的物件產生意識建構，亦即若未經此「芒」和「晦」和「影」的意向性行為，則將無以「顯現」月亮乃至與人互動時的各種特性或內容，雖然這些部份的總和仍無法完整呈現月球全部的面貌。

而在傳統中，月亮是女性的象徵、甚至有月亮是女人的上帝一說，其圓缺週期與女性生理週期相似，是其淒涼孤獨失意時的伴侶和象徵物，也是宇宙永恆輪轉最易目視觀察之天地間的大夜燈，它也常與潛意識、狩獵、生殖的月亮、貞女、魅女、占卜的女巫等

牽扯在一起，而其特性皆與「等待」有關，所有再漫長的等待或痛苦，都只為了「變」、「新生」、或「重生」。這正隱含宇宙暗能量暗物質等待質能轉換的奧秘，因此日也是月的另一種形式，只是不易等待罷了，花事亦然、人生之生老病死、事物之成住壞空無一不然。

如此，萬世男女之生生死死亦一「月」而已，萬世女子亦一「嫦娥」而已，而古月即是現代嫦娥在塵世的發言人。但在《浮生》中古月像是不捨地球、仍然眷戀地表、希望有人同飛。到了《巡花築夢》，她的態度已更獨立，再不懼一個人獨自飛天了。前後的不同，從求比翼雙飛到一個人的飛翔，可說是絕望，更可說是大領悟。

因此《浮生》中她會說：「沐浴後的純白／在重生的等待中／將你雕像般的雄壯／凝成心中蒼鬱的倒影」（〈望山之四──蝶語〉）、「等待中　她感染了一種症候群　忽略了叩門的聲音　病癒後已成了生命中一次美麗的錯身　當幕幃冉冉升起　愛情已是他人的情節」（〈花事之一〉）、「淒淒簫聲／把長夜拉得更長／她已死／嫦娥已死／星與星敲著鐘聲哭泣／所有的風都止步／呈亙古的靜」（〈月之祭〉）、「在颯然的黑寂之中／等待一種變化／……漫長的等待／總焚化不了心靈的桎梏／驀回首　秋雲已遮斷關山／渴慕的眼神　落空依舊／流浪依舊／遠方有急迫的呼喚／源自我的血液」（〈秋之旅〉之二）等等，上述詩段的「蒼鬱的倒影」、「感染了一種症候群」、「星與星敲著鐘聲哭泣」、「落空依舊」等詞均呈現了較負面的情緒，表面上均與情愛的誕生、守候、等待、落空、與重生有關，其實與天地萬物可以一「月」觀之並無不同，因為當「滿圓」的「一瞬」是最動人的，為了那「一

瞬」值得長久的「缺憾」和等待。

　　但到了《巡花築夢》，「缺憾」和等待已能輕易轉移、代換、
乃至瞬時的心領神悟即是，比如：

　　1.

　　佇立高樓　小霜微冷
　　誰是心中等待的人
　　隔著一江水的距離
　　晚秋最是酩酊
　　燈火依舊闌珊　清月
　　喚起一朵花的記憶

（〈陵水情〉）

　　2.

　　一個人孤獨的旅行
　　是為尋覓亦或遺忘
　　讓靈魂在荒唐的夢中出軌

　　湮泊中　誰在陌生的島嶼擺渡
　　誰以低噥的聲音呼喚

（〈日安‧大雅〉）

　　3.

　　而妳；縱使歲月滄桑，仍淡泊如昔，穿梭層層的空間，飄游
　　於時間之外，看透戲裡戲外都是夢的人生。

把自己寫進濕冷的詩里

卻在你的河岸徜徉

欲描繪一座山的胸臆

測試春水躺在掌心的溫度

故事來不及佈局情節　已滋長青苔

山不動；我來　這就是歲月嗎

河水悠悠　可承載情迷幾許

在人生的長河中　且問

渡過誰的前世

又流自誰的今生

（〈松溪河上的邂思〉）

4.

此刻的我，張開雙臂閉上眼，如微風的心情開放，沿著你的水湄，等待流淌出天籟的聲音：

你在等我嗎

等我穿過厚厚的夜

在浩瀚的宇宙中

還以雪的心境

覲見你

（〈謎語──於貢格爾草原〉）

三、四節散文與詩並陳，詩句採斜體，以與散文敘事說理區分，是他在《巡花築夢》卷二卷三中大膽使二文體合一的嘗試。此四節中的「陵水」、「大雅」、「松溪河」、「貢格爾草原」等地等於就是她要「巡」的「花」。「誰是心中等待的人」、「誰以低噥的聲音呼喚」、「渡過誰的前世／又流自誰的今生」、「你在等我嗎」均是設問句，「誰」及「你」可以是某地是某人或是自己、乃至是其信仰之神的代稱，再也不是直指情感的輸誠對象。第四節的「讕語」是寧讕之語，是古月在大自然中心靈獲寧靜之感、與宇宙合一的真誠感受。比如此篇結尾：

> 讓心回歸自然，回歸母親子宮的純靜。感受一朵花在寂靜中，傾一生的歲月，也要恣意開放的情懷。看黑暗怎樣焊接住靈魂的銀河，我伸出手，仍觸摸不著那百年的孤寂。
> 天離地很遠嗎？當太陽升起，為湖水佩上串串晶瑩，告訴我你就在那裡。……

此段散文兼抒情兼表明己身領會，「回歸母親子宮的純靜」是與自然合一感，但其形象不明，乃在下一句說：「感受一朵花在寂靜中，傾一生的歲月，也要恣意開放的情懷」，這是在地面的形象；「看黑暗怎樣焊接住靈魂的銀河，我伸出手，仍觸摸不著那百年的孤寂」，這是在天上的形象；「天離地很遠嗎？當太陽升起，為湖水佩上串串晶瑩，告訴我你就在那裡。……」，這是天上與地面連結相激後的形象。那形象再不似俗凡之人，而真的像神。因此古月才會說：

等我穿過厚厚的夜

在浩瀚的宇宙中

還以雪的心境

覷見你

「雪的心境」是再純潔冰晶不過的心境，即使「似妄還真的
夢裡／詩人都是失戀的奴隸」（〈桃花塢口〉），但「你」此後已
無所不是，是一個「X」，如他在〈眾靈寂然〉所寫：「在現實生
活中畢竟只是心中的一個梗」、「『X』就是你：我的夢幻、我的
詩」、「是天涯海角遙不可及的一顆孤寂的星」，即使偶或「X乍
現」，「感覺電流般的觸動」，那也不過是「心際裡跌宕起伏的密
碼」的偶現：

> 若真要探問心中X的秘密，那是集眾多凝幻形象的「你」是
> 個「靈」體，是一個浮沉的意象，在光與影的移置間貌現。
> 黑豹般晝伏夜出，在白紙墨跡間幽遊成書，那是我伺機而動
> 精神負荷唯一的釋放。因此X就是我，我就是你。
>
> （〈眾靈寂然〉）

因此巴什拉才會說「時間的本質存在於瞬間之中」、「生命
是強加於時間的瞬間……總是在瞬間中找到它最初的存在」，發生
的「瞬間」又常是不可解的，必須「通過現在來理解過去」，因為
「理解生命，更甚於經歷生命」，巴什拉的「瞬間感的哲學」最適
合說明古月所說「在光與影的移置間貌現」的「X」究竟是何意。
巴什拉說：「愛，死和火在同一瞬間凝為一體……喪失一切以贏

得一切」，與古月所說「X乍現」是「集眾多凝幻形象」的「靈」體，是「一個浮沉的意象」，此二說並無不同。

「只有瞬間　沒有以後」（〈飛去的小鳥〉）。果然，萬世女子萬世嫦娥所愛、唯一能愛的是「集眾多凝幻形象」的「瞬間的生命」。

若以宇宙發生學的「無序」、「互動」、「有序」、「組織」四元關係相互迴環的關係來看，那「滿圓的一瞬」之前之後皆與「等待」有關，人既是宇宙之子乃至其縮影或投影，人之一生當然也會反覆此熱力學三大定律衍伸的四元關係，地球上的自然、事物、社會、及萬世男女也莫不如此。而此四元關係主要的律動方向有三：（1）無序（在互動相遇中）產生有序和組織；（2）有序和組織化（在改變中）產生無序；（3）所有產生有序和組織的東西都在產生無序。「都在產生無序」即「缺憾」的主因，其關係或可以下列圖二表示之：

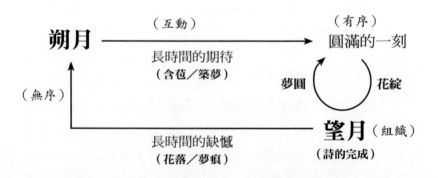

圖二　宇宙的四元關係與古月生命的自我建構

IV、結語

　　古月詩中強烈的時間感和對「X」的領悟，告訴了我們關於時間的幾個真象：

1. 瞬間性：事物不論美好與否均如夢花露影，欲在一些可貴的瞬間矗立界碑，唯靠己力去「巡」去「築」一個「X」。因為「越是無望／越能燒灼感情」（〈西下的落日〉），這是人性真象。

2. 窒息性：「滿圓」即使出現，可能是幻象，其前後的等待時間也令人幾乎無法呼吸，而前前後後等待的漫長時間正是人生的大寂寞所在。不怕被「等待」不知存不存在的「X」「炙傷」的，儘管「投以千萬遍瞻戀」

3. 不可阻攔性：萬世女子在守候不到後，紛紛一個個難免步入嫦娥的命運，要不枯守地面看后羿出門去射九日，要不大膽地走向獨自一人飛天的道路，決心一下，連后羿都阻攔不了。

4. 流動性：人間世事均是流動的、變換的、無常的，最終只有自鑄一段靈魂的銀河，以與宇宙前後的大黑暗鍛接。

　　時間的長河「渡過誰的前世／又流自誰的今生」是不可知的，古月在自然的與萬物的合一中重新找到自己的存在感，而一群「X」的發現和其集合體，或就是古月的「靈魂的銀河」。如何將此「靈魂的銀河」焊進彼宇宙無窮無盡的大黑暗中，既是古月的、也成了我們生命的大課題大難題。

　　　　　　　　　　　　　（本文為古月詩集《巡花築夢》序）

最後與最初
——林文義詩集《顏色的抵抗》序

旅行是他飛翔、休息、舐傷的方式，完整自我的一項儀式

　　林文義是不斷在完整與孤伶之間漂泊的人。起初他以為完整是必然，因此最終常落於孤伶。其後當他認識到完整不可必得、不必然可得時，如此孤伶則是放空，完整倒成為笨傻的執著了。

　　但他始終是不安的，隨時都處在匱乏狀態，因此試圖不停以各種方式或形式填補自身，他在記者、主編、評論人、旅行家、散文家、漫畫家、小說家、詩人等諸多不同身分中遊走，他最在意的應該是成為一個坦言不諱、一等一的文字工作者，他的諸多身分轉換最終都由三十本散文集記錄了下來，產量可謂驚人。但仍可看出他的匱乏是多重性的，難以填補的，或隱或顯，有些甚至他自己都無從得知。

　　雖然，對一個中堅代本省籍文人而言，似乎都患了一種母語的匱乏症，乃至一種土地的匱乏感，臺灣的身分認同始終無法底定，讓他們身心俱疲、無法安寧，幾十年面對的卻是從極度的鄉間到成為自己都不認得的土地和城市，那種失落是再多的文字或口說的語言都記錄不了的。這或是他走遍全臺各大小鄉鎮和離島之後還要一而再再而三旅行世界各地的緣由，而會不會也是他到近年想要用詩

來填補那巨大的匱乏症的理由？他的詩，即是他的匱乏的更純淨的填補方式，也是他天性中始終率真、無偽、亦無畏的另一種展現。

文字能成篇代表的是短瞬的完整，日常生活則如同破碎的日常語言、和無法被記錄的母語，代表的是孤伶。他長年便不斷地在這完整與孤伶的兩頭奔波、盲撞、張望。當他無法書寫，又處於支離與孤憤狀態時，這塵世的虛假和偽善會令他疲乏、抓狂，他不能不暫時離去，免得讓自己陷於躁鬱。

他是文人中少數旅行頻率極高的異類，旅行像是他一種飛翔、休息、舔傷的方式，那看似孤伶單飛的形式，卻更彷若是他選擇「完整自我」的一項儀式，每每「離開故鄉島嶼萬里之外」為的是「要細密的、嚴慎的將支離破碎的自我重新裝填」（見《三十五歲的情書》一書，1989）。旅行讓他能在群我與孤我之間來來回回，不斷地自我洗滌、調整。時空轉換中，在不停移動的點線面之間上下縱躍，遂令他具有極大的介入與抽離生活的能量，出入夢與現實、虛與實、白天與黑夜之快速變動間，他積聚了極大的創作衝勁，使他作品源源不絕。文學成了他的救贖，他藉語言的重整、書寫、創造，拼貼零碎的自身，文字的一點一滴即是他自我療癒和完整記錄整個歷程。

他的詩中不斷提到的「純淨」二字，即是他在完整與孤伶的兩端均希望達到的極致：「迢遙無垠，蒼墨海域／那是人跡滅絕之純淨」、「純淨，可不就是未曾顯影」、「最初的嬰兒，我的純淨」、「文學比擬聖經反而純淨」，「剖開自我如鏡之純淨」、「詩的名字叫做：純淨」、「純淨就是一朵山茶花／靜謐地私語以及／只有詩能夠宣示的／某種靈犀於心的符碼」、「誓以古老的手寫只為淨心／純然與堅執相信／最初的許諾還以最後之純淨」、

「不渝地尋找純淨／彷彿乍見戀人耳畔山茶花之紅」、「再鹹澀的波濤因詩而純淨」、「文字信徒只求心靈純淨」、「尋索一個字／純淨一顆心」……。他不斷提出「純淨」二字以警醒自己，說的正是「純淨」之不易之匱乏之短暫，「人跡滅絕」是去不了或一瞬之幻覺，「未曾顯影」是不可能的，「最初的嬰兒」是回不去的，而當他說「彷彿乍見戀人耳畔山茶花之紅」，也只能是「彷彿」、「乍見」、短瞬之花「紅」，不是常態，是非常態的。那就如同絕對的完整與絕對的孤伶之難達至或難以長久駐守任一端一般。

他在2007年的詩集《旅人與戀人》〈幸福練習〉一詩中即明白了「純淨」只能是某一瞬的一種發現，以及「詩的名字叫做：純淨」的原因。此詩前三節說：

> 練習寫詩的初老之年
> 賦格與句法猶若
> 春來初綻的青芽
> 探首凜冽的大氣
>
> 練習寫詩從京都歸來
> 像祇園一盞紅燈籠
> 乍見的靜卻暈然的暖
> 妳的微笑是內裡之焰
>
> 練習寫詩但願求得純淨
> 猶若悄入寺院噤聲
> 敬謹參拜一樹綻放之櫻

　　首節「春來初綻的青芽／探首凜冽的大氣」說的是一種不畏、未染、喜悅和好奇，如初生之犢般，無懼外在環境如何「凜冽」，該綻即綻。二節「祇園」指的是京都一塊區域的名稱，景點有北邊白川岸邊，南邊的花見小路，說的是旅次中對「紅燈籠」的「暈」「暖」和「乍見的靜」印象深刻，起因於「妳的微笑是內裡之焰」，景因情而別具意涵。三節說「悄入寺院噤聲」為的是「敬謹參拜一樹綻放之櫻」以及「回眸靜候妳的到來」，說的是對待事物的「敬謹」有如修持及「求得純淨」的一種行動。此三節由一己如「初綻的青芽」寫起，到藉「一盞紅燈籠」的「靜」「暖」「焰」與戀人互動，到共同敬謹修持，由單修到雙修，正是人生由孤伶到完整的路徑，卻不可能永恆駐守，只能在這兩端來來回回，一朝執著一端，即陷困境。

　　於是我們看到一種不即不離、若即若離的心境，是使他較能趨近安頓自身的最佳狀態，即使用於處理情感時亦然，也是他近年感受到詩、乃至感受到幸福的一種情境模式。此種狀態宛如他的上本詩集《旅人與戀人》不斷提及的「旅人」與「戀人」兩種複雜、既可重合又難以時時重合的關係，「戀人」是求取重合，是「即」，「旅人」常求取獨行，是「離」，偶而合二為一，又非能長時間，則短短數日，也能記憶遙長。而若「戀人」日常彼此的重合若也非要求日日相聚，互讓對方有極大的轉圜空間，則如此關係，就進入了《圓覺經》所謂「不即不離，無縛無脫」的狀態。然而既不離戀人、又要離戀人，既不離人間、又要離人間，這是多麼難的境界！

　　不即不離、若即若離如放在生活的實踐中，是既即又能離，

既入又能出，勇於在最熱中抽離自身；在生命領悟上是明白沒有事物可以真正穿透，所有真理均是相對性的，沒有絕對性，因此只能達至一種「亦隔亦透、不隱不顯」或「望而難即，見而仍蔽」的狀態；而在詩的創作中則是採用「欲離欲近」（離得開才靠得近／或「分則胡越、合則肝膽」）或「似斷而實連」的手法，使事物看似陌生或反常，反而越能貼近那不易貼近的。此種意蘊與古人寫詩求索的所謂鏡中花、水中月、「妙處不可湊泊」、「妙在含糊」均相似。

然而在人際關係或生活周遭上要在最熱中抽離自身，是多麼不易為啊。但幸好在詩的追尋上仍可接近，更幸好林文義與他「初老」的戀人Daphne有類似的共見，這是林文義理想中的情感關係，因這其中才會有源源不絕的思念和守候。因此即使是一對「戀人」（要求完整重合），也要有「旅人」（常需孤伶獨行）的思維和行動，則完整感會因孤伶感而更完整。因此當他說「妳的向晚華燈初上／我的子夜星已成眠」、「我點燃一盞燭光守候／妳在遠方一定看得見」（〈維也納簡訊〉，見《旅人與戀人》），說的是兩地相隔的思和甜。到了這本新詩集《顏色的抵抗》中更見其「欲離欲近」的實踐能力，離得開才靠得近，說得可容易，世人要做起來是極不易的，若非有相當共見和同等智慧，乃至皆「歷經滄桑」，其可能性極微。而林文義與他的Daphne顯然能同此慧心，何況Daphne也有不凡的詩才，比如她寫在林著《旅人與戀人》最前頭的序詩，簡單數句就有驚人的力量：

夏天裡愛情過海洋，
山風和著海風齊聲歡唱。

張開帆，憂鬱變成錨，

穩住海流的方向。

（〈深藍〉後半）

　　「憂鬱」指的當然是詩集主角林文義，本與「張開帆」是相同主角的本質，卻「變成錨」，可以「穩住」外在的「海流的方向」，憂鬱的不動（錨）反而穩住了海流的動（方向），缺憾反倒成了優點和主導力量。「孤伶」（帆／憂鬱／錨）反而驅使生命「完整」（穩住海流方向），反常反而合道，不可能反成可能，「即」（憂鬱／錨／不動或動不了）主導了「離」（方向／動），既即又離，若即或離，末了在詩中成了不即不離的佳詩，Daphne重新詮解乃至解構了憂鬱的意義，指出它潛在的意義、隱藏的力量和更大的可能性。因此「即與離」其實即「完整與孤伶」的另一面貌，「欲離」（孤伶）反而「欲近」（完整），不孤伶則不完整，而這或正是「詩的名字叫做：純淨」的本意。

　　因此當林文義在這本新詩集《顏色的抵抗》中拓展他的詩境和題材，即比《旅人與戀人》有更大的斬獲，除了從情詩向政治向倫理向友情行注目禮，也向翁山蘇姬向薩依德向切‧格瓦拉向詩人向畫家向社運向天地一切可學習者學習，他知道寫詩之一途著實不易，因此我們就看到了林文義追求「純淨」的努力和痕跡。即使延續前集的情詩也有不凡的表現，尤其是〈胭脂〉與〈冷的華麗〉二詩，而且應均是獨自旅行後及在旅行中所展現兩人「欲離欲近」的心境。〈胭脂〉一詩是「我從海那邊歸來」，腳步挪近家時，假想妻在家等待的「剪影」和「想妳必在菱鏡前靜坐／苦思迎我的胭脂唇色」，「我必在最深的子夜探看／秉以燭光照亮你殷紅之唇」，

寫出了「孤伶」後對「完整」的期待。

〈冷的華麗〉一詩他則以厚沉的筆調大筆塗抹異鄉景致及旅人的孤伶感，隱微帶出情詩中求取完整重合的韻味：

　　水晶吊燈暈紅一盃酒
　　窗外冷冽古城石板路
　　婦人讓黃金獵犬前行
　　尾隨是她太陽般的髮色
　　瞅入窗裡的綠眸等待春暖

　　狹長的湖光被雨雲緊掩
　　對岸山脈冬雪卻頑抗
　　天鵝以及鴿群依偎
　　羨慕我剛盡紅酒一盃而後
　　好整以暇翻點菜單

　　午後冷雨不歇莫非晚來欲雪
　　那就決定帶瓶好酒回去
　　回到離家九千公里的旅店
　　輕倚流蘇窗前等待夜來
　　雪落悄然如妻子笑意溫婉

　　晨起的教堂鐘聲喚醒初萌的
　　紫藤也許松果還覆著霜冷
　　在昨夜微醺後的夢中

細碎白花以及流過邊境
萊茵河女妖的水歌魅惑

忠誠不必鐫刻在家徽或
以碑偈記載歷史榮辱
鷹之矯健蛇的深沉
陌生的華麗我以冷冽探看
妻子說：再尋一瓶好酒就是

　　詩分五段，首段由酒（餐）館近景的酒杯和吊燈寫到窗外動態的溜狗金髮婦人形貌，並與窗內人對望的眼色。二段寫遠景（雨雲／山脈）到中景（天鵝／鴿群）又再回到窗內動態近景（剛盡紅酒一盃／翻點菜單）。三段又推出去寫窗外天色，時間則推到下午乃至晚上，空間推至另一端暫歇的旅店看落雪，中間以「帶瓶紅酒回去」省略了酒館到旅店的過程、乃至由九千里外的家到此的原因。而此段讓人看得出待在酒館是孤伶一人，但「雪落悄然如妻子笑意溫婉」一句卻看不出回到旅店是否仍是一人。第四段將時間則再推到隔日清晨，省略了「昨夜微醺後的夢中」的所有過程，只簡單交待夢中有「細碎白花以及流過邊境／萊茵河女妖的水歌魅惑」等場景，顯然是一好夢、乃至是一春夢。末段是感懷及對好夢或春夢做一交待，「忠誠不必鐫刻在家徽或／以碑偈記載歷史榮辱／鷹之矯健蛇的深沉」是他在異國所見的琳瑯雄偉的各種歷史標記，對他而言只是「陌生的華麗」，都不如詩末句「妻子說：再尋一瓶好酒就是」來得暢快。則顯然妻子並未喝到他帶回旅店的「好酒」，因此詩中「如妻子笑意溫婉」或「妻子說」均非出現在當下旅次中，前

句是他的思他的想，後句是他想當然耳似的虛擬句。此詩宛如油畫的筆調，寫情而情含而不露、生動地描繪了旅人形與神自如來去、已接近一種能即能離的能力，說「詩的名字叫做：純淨」，則此詩已庶幾乎近之。

他對「不即不離」的意蘊時有體會，尤其在記敘上，比如〈特洛伊〉、〈彷彿一朵山茶〉、〈凱達格蘭〉等詩均有林文義擅長敘事的味道。抒情則如上舉〈胭脂〉、〈冷而華麗〉二詩，感懷則如〈詩集〉一詩的二至四節：

> 所有文字說的是愛
> 遠遊的飄鳥
> 安心返回溫暖的森林
> 濕濡羽翼有花葉香息
>
> 陌生的詩曾經遠如
> 海域與雲之距離
> 隔著窗若有似無
> 探看一種冷以及不確定
>
> 原來是以美麗抵抗
> 如同新幾內亞叢林深處
> 紅寶、翡翠之羽的鳥群
> 兀自鳴唱不予人聽

漂鳥「遠遊」後能「安心返回」，代表倦遊和已有所安頓，

「濕濡羽翼有花葉香息」便是收穫，至於以何種文字表現，取捨雖有不同，但說的無非是「愛」，然而詩姿勢似乎有異，「隔著窗若有似無／探看一種冷以及不確定」，即如前所述「不即不離，若即若離」，不知其意向為何？說了又像沒說，沒說又像說了什麼。原來只是「紅寶、翡翠之羽的鳥群／兀自鳴唱不予人聽」，以其宛如自然天成的文字或林文義所謂的「純淨」抵抗著世俗的認知和凡常價值，即使深藏美麗於「如同新幾內亞叢林深處」，亦要有所堅持。他領會的詩不正是宇宙萬物始終處於色空、有無、虛實互動之「不確定」狀態的的體悟？

又比如下列段落：

> 詠嘆調時低時吭
> 咖啡香醇的倒影
> 木窗外一樹霞火
> 老婦牽著秋田狗穿過
>
> （〈錦秋四題〉之三，首段）

> 燈塔靜默百年
> 向晚就用力睜開眼睛
> 夢的回憶是海盜或者
> 戀人含淚看星
>
> （〈燕鷗對看〉摘錄）

> 地獄之火留予政客
> 早綻櫻紅入我眸中

千萬句謊言不如一朵花

花美人惡的亂世年華……

（〈早櫻〉摘錄）

西班牙老地圖怎像

少年夢遺之痕

暈開的羞恥朦朧泛黃

彷彿經緯及航路

初諳女體的陌生……

（〈地圖辨識〉摘錄）

一闋豔色華麗的絕句

墨分五色如何竟筆

長牆內椿花悄落

白淨宣紙之紋理晃動

怎是暗影間明月來窺探

（〈彷彿一朵山茶〉摘錄）

軍隊逐戶搜索逼以利劍

驚醒的嬰兒嚎哭，母親尖叫

油燈顫慄在灰牆的亂影

野獸們呼喊：詩人何在？

奧德賽離開的子夜

羊皮紙遺落在未喝完的

酒瓶左側留下一串葡萄

渾圓若海倫皇后的項鍊

（〈特洛伊〉摘錄）

　　這些段落均生動鮮麗、清新可誦，體現了林文義在詩藝上的精進和題材拓寬上的努力。而他對時事或政治上或人物詩的抒寫則較多了些「即」、稍少了些「離」。如果轉換角度如〈殘荷〉、推離對象的距離如〈薩依德紀念〉，而抒情若「不予花訊兀自開與落／像詩之形成悄默無聲」即若即若離如〈冷的華麗〉，則林文義的詩能量必然極具爆發力。

　　任何一首詩完成後都是既完整又孤伶的，是由不即不離既隔又透的手法所產出的，在生活的實踐中我們卻很難是既「即」又能「離」，既入又能出的，誰能勇於在最熱中抽離自身的？但「不眠四十年」（〈夜醒者〉）的林文義卻可以，那是他由生活困境、憂鬱的頓挫中練就的本領，卻既是他的痛他的「錨」也是他「穩住海流方向」的能力。而能寫出大散文《遺事八帖》（2011）的人，對詩既然是「最初」之愛（18歲，見〈自序〉），會不會也是他「最後」要攻掠的堅堡呢？他在詩的書寫方式和題材的注目方向顯然有其自身獨特的見解，由前舉數例中可見出他又已另闢蹊徑，不走一般詩人路數，因此對他未來的可能性——將會去「穩住」什麼樣的「海流」和「方向」——我們豈能不有所期待呢？

在齒輪與鐵屑之間
——序黑俠詩集《甜蜜的死亡》

他還在路上、還不能放棄，其俠字是夾帶了情感牽累的

　　那時我們正坐在一座樸拙雅靜的木造涼亭裡，右邊遠處是波光迷離的福隆外海，左手上方兩百米是半月紅弧的龍門吊橋橫於兩岸，一波波無聲的自行車輪壓輾過橋上。眼前是綠茵草地鋪展，三十米外即是一袖由右向左橫出的雙溪河口，此溪的出海處剛好由天然砂島遮罩住，因而自然形成一帶寧靜而開闊的水域，此時幾隻獨木舟來回其上，紛紛奮揮雙槳，划起一浪浪水紋。回首涼亭內，黑俠正在座中，與一群新店社大的學員低頭默默振筆疾書。

　　當時我們剛由草嶺隧道及附近海邊騎完腳踏車，回轉休憩於此，背後是兩幢樸實素雅的木構建築，我們騎過吊橋時，被此處綠地褐屋景致所吸引，因此繞道下來，趁清風徐吹心神馳放之時，揮筆完成今日的戶外教學。黑俠在座中當我的學生只是客氣，他純粹是個「假學生」，他的才情是天成的，那天他很快就交了卷，是十餘人中寫得最快也是最好的一個，那首詩即是本詩集〈行旅〉一詩，僅短短五行：

吊橋屬於兩岸

波痕屬於風，屬於槳

旅行屬於彼此

彼此屬於齒輪，屬於圓周及

意志的鐵屑

「吊橋」、「兩岸」、「波痕」、「風」、「槳」、「齒輪」、「圓周」等詞彙皆是當時所見景象，而「旅行」、「彼此」、「意志」是他的心情，只有「鐵屑」是細微而不易瞥見的，則成了此詩的關鍵詞。不論是「吊橋」、「槳」、或「齒輪」當然都不樂見到「鐵屑」，它是生鏽、剝蝕、腐朽、乃至潰爛的本身或前兆，是鋼鐵或機械物質走向衰敗的開端、卡住其順當操作或運行的阻礙，是欲避之唯恐不及的，卻是必然的、不可免的、無可逃脫的。因此黑俠寫這首詩時，心中是有罣礙的，至少有什麼疑慮或訹心，卡在胸中阻攔其運行，卻又不能不持續運行，只得以意志勉力推動之。

有誰不期望自己與世界與他者溝通的吊橋安穩無虞？划行向未來是順風是起落自如的雙槳？是有心靈侶伴的旅行、是向前運轉順滑的人生齒輪、永永遠遠畫出完美的圓周？但生命不可能永遠「齒輪下去」、「圓周其一生」的，「鐵屑」雖不必要卻總會適時出現，卡住你或誰或世界的意志，令你運困、轉窘。也因如此，這本詩集或可被看作黑俠由「齒輪其人生」到因「鐵屑其意志」而可能步入危險的過程，也可視作「黑俠」如何由快意之「俠」到不得不「受黑」的記錄，當然也可由此略窺出其情感如何由「甜蜜地死亡」的渴求有朝一日也會走向「甜蜜之死亡」的發展歷程。「甜蜜地死亡」是人之所欲所求，「甜蜜之死亡」是人人欲避欲躲的，既

然「甜蜜之死亡」遲早會發生，不如早早就「甜蜜地死亡」，黑俠詩集名隱含了生命哲思和歧義，呈現了他對人生欲望之臨界點的追求和探索，一如其對詩意義的尋索與字詞隱喻的鞭笞，幾幾乎已到了瀕臨崩解的懸崖和亟欲殉身的境地。黑俠自己應該沒想到，他只是偶然書寫的五行，竟也有可能於無意中洩漏整本詩集的題旨，一片葉子不也正包容了整株樹當下的心境和行蹤嗎？

記得在福隆海濱當場讀完這首五行詩，即直覺與背後木構建築內咖啡館舍牆上貼的、剛剛大夥兒才一起看過的陸羽〈六羨歌〉有關：

不羨黃金罍，不羨白玉杯。
不羨朝入省，不羨暮登臺。
千羨萬羨西江水，曾向竟陵城下來。

黑俠果然詭譎地笑笑，承認此五行詩靈感的確來自剛才讀過的〈六羨歌〉。茶神陸羽此詩之意其實不在水，而是借水喻志，寫故鄉竟陵（今湖北天門市）城下的西江水，既表達了綿綿不盡的鄉情之思，也兼抒一生潛心茶學的淡泊情懷，其中也包括對恩人智積禪師（陸羽是棄兒為智積所養育）的懷念。陸羽與智積一彼一此，其情意一如西江水與竟陵城的關係，永無法脫離，但陸羽與黃金罍白玉杯等卻無「彼與此」的因緣、或互相「屬於」的關聯。而黑俠「吊橋」與「兩岸」、「波痕」與「風」「槳」、「齒輪」與「圓周」等皆有「彼此屬於」的關係，來對應「行旅」隱含了「行侶」的「彼此」牽連，何況其中多了「意志的鐵屑」。因此陸羽的詩是倦遊的年老心境，是想回歸原鄉的終極體悟，而黑俠則顯然因年輕

許多，他還在「路上」、還不能放棄，其「俠」字是夾帶了甚多情感牽累的。

黑俠〈行旅〉一詩寫在2009年4月，隔約半年多，在竹山天梯下的「天空的院子」裡，他又在眾人毫無「防備」下，很快速度就寫下了一首不短的詩，就在這號稱「臺灣最美麗的民宿」裡，挑燈完成，然後第二日清晨於這個「105歲」，「允許你所有的夢想在院子裡奔跑遊玩」「別擔心住在歷史古蹟裡得犧牲自己的舒服」的後山坡、早餐長排木桌上朗誦給一夥十餘人聽，那是關於「一位年輕醫生，一座年逾一世紀的古老莊園，一段跨世紀的忘年之遇將夢想漆成牆　化為景……」（所引皆是此院子部落格廣告詞）的故事：

〈天空的院子〉

相信我，那些相片在對我說話
彷彿在說柔美的音樂突然變成山與山的談笑
老屋子滿臉皺紋滿口漏風
你是墊高天空的小小墊片。
難以想像的劇烈咳嗽
你的骨架，愈咳愈輕

是誰撫摸過你乾癟表情？
星星，都在為他的聽診器說話
一路上都是他的沉思與嘆息，都是
蟲唧的荒煙與蔓草

你是搖搖欲墜的一張藍圖

定位在刮風、淋雨以及久經遺忘的病體

症狀：掉漆、氣胸及骨骼彎曲

必須按時服藥並需整脊整骨，天空說。

磚頭把你的院子架高，意志是水泥

大樑撐起夢，也撐起你

你遂把癱軟的身子坐直

坐直在每張被車輛迂迴的導覽地圖上

總算你氣色恢復紅潤，依舊

氣宇非凡，偶爾淺嚐蟬浪

偶爾豪飲竹海

胸懷大志的鞋，你仍惦記

但，你知道日子好過難過的

門檻不在天空，在腳下

在大片大片喧嘩山風與搔雨的樹葉

所以你打開窗

讓迷走都市的鞋聲一行行進來

此詩看似寫一幢古老的三合院從荒煙蔓草中因一位醫生的偶然窺見而得以起死回生的過程，詩中的「你」即是被重建的院子，「他」是幫人診病治病的醫者，詩由得病（首段）到醫者介入（二段）到病情及治病（三段）到回復精氣神（末段），娓娓道來，其實更像詩人意欲自我重建、回神轉骨、大闔後亟欲大開的表述。詩中說「意志是水泥／大樑撐起夢，也撐起你」，可見得由〈行旅〉

的「意志是鐵屑」到此詩的「意志是水泥」其實黑俠念念不忘的是「壞」（鐵屑）與「成」（水泥）的矛盾、艱難的選擇，這是他在人生到一定歲數心中始終不斷掙扎、糾結著要「解」或要「斷」的疑惑階段。幸好他說：「你知道日子好過難過的／門檻不在天空，在腳下／在大片大片喧嘩山風與騷雨的樹葉」，說「門檻不在天空，在腳下」意思是要踏進「天空的院子」仍得自眼前腳下開始，不能好高騖遠，即使有「大片大片喧嘩山風與搔雨的樹葉」也是正常的，看來黑俠自知「意志是鐵屑」開始，就知「惡」或「壞」或「喧嘩」或「搔雨」是人生必然，那是人生不可避逃的歷程。

但也就在「大片大片喧嘩山風與搔雨的樹葉」中，有許多東西就無法永遠保有，即使「意志如水泥」都沒用，黑俠懂得「意志只是鐵屑」，對「齒輪」或「圓周」的理想是阻礙而不是幫忙。就因為「意志是鐵屑」，因此遲早「齒輪」或「圓周」都會停住或失去，以是在黑俠的詩集中，「失」字就特別多，幾幾乎快成了他的「正字標記」，一個人的「意志是鐵屑」使得人生的運轉齒輪處處有了阻擋物、破壞的小石子，所有的不順、失衡或走向消亡，全由「鐵屑似的意志」開始，「意志是水泥」不過是暫時性的。那種命定，一如「甜蜜之死亡」是命定，不如在過程中即「甜蜜地死亡」來得爽快，然而不然，「失」字即成了最折磨人的字詞，而且常常是漫長的，終其一生的。

黑俠宣告了：無人得以「甜蜜地死亡」，卻都要透過「失」字，眼睜睜，慢慢看著「甜蜜之死亡」。

黑俠有「失」字的詩光是題目就有〈消失的伊甸園〉、〈消失的部落〉、〈消失的文明〉、〈走失〉、〈失落〉等五首。〈消失的部落〉左看右看都是一首情詩，但讀者卻會把「妳」與「消失的

部落」互相印證，宛如「消失的部落」就是一個令人心儀和不敢躁進的情人，黑俠是透過「妳」向「消失的部落」致敬的，比如此詩末幾句：

　　那時，打獵的季節將紛紛走回部落

　　而勇士的眼神像雲那麼高

　　守護著每一吋祖靈流傳的土地

　　至於秋收，沒有下文

　　那是出草前的事

　　我只能拾起遺留在地上的光束

　　聽見穿在身上的鹿群

　　不斷在回眸中

　　飲出大山的意志

　　末四句的「遺留」、「聽見」、「回眸」、「意志」都可看出部落「消失」的必然，但「勇士的眼神像雲那麼高」、「拾起遺留在地上的光束」、「聽見穿在身上的鹿群」、「飲出大山的意志」等句都讓此「消失」沒有真正消失。而黑俠寫得呱呱叫的詩都像這些段落一樣，於不可盡解中隱含了神秘的氣氛和令人「回甘」的氣味。

　　這種氣氛和氣味即使在「失字連篇」的詩句中亦到處可見，比如下舉有關「失」字的句子或段落：

　　1. 你懂的，**失**事多年後／沒有任何一艘航行的燈火／可以打撈不在歷史上翻湧的船骸（〈事件簿〉）

2. 黑夜也學會揣摩手上的烏鴉了／烏鴉掉進洞穴才被吃掉它的頭顱發覺／慾望與**失**落竟如此神似（〈病床〉）

3. 連妳微微嘟起的唇型都是／我的黑死病／適合淋上焦糖的**失**眠（〈跳進詩裡〉）

4. 腴豐的彩七滿爬子因笑微的般雪如著望／體膚後就會／下／雪／了／讓我們謹慎且不**失**優美的／擺尾，以一個接著一個的完美弧度／輕輕探就那**失**恆的水溫（〈魚群裡的魚〉）

5. 可怖的眼神／像荷葉與魚的睡眠／尚淺，在**失**去張力的夜裡／交換如夢的／泡／沫（〈魚的睡眠〉）

6. 小尖山，俐落的刀口／山鋒一劃／黃昏流出了**失**散了的雀鳥，與一條漸漸結痂的／黑夜的傷。（〈雙人行旅〉）

7. 把時間綑得緊緊的／直到沒有人真的看見誰是誰／說誰是誰就先斷了氣／就像一床漸漸**失**去抵抗的被胎／漸漸爬出一個人形／很快很快／把眼裡的野獸脫了下來／又替自己穿了上去（〈夢遊者〉）

8. 我就在那裡，繃緊神經／拔河山水／沒有人聽見山脈向前傾斜／如一隻**失**控的風箏／而我開始跑／我跑著喊爸爸爸

爸／就像他遺**失**的一個禮物，而我感到害怕／害怕母親接
過我，馬上轉送他（〈我的體內住了一個彪形大漢〉）

9. 反正暴風雨就要來了，反正／我會把烏雲大把大把吃下／
留下慘澹的月光，留下蛙鳴／在體內呼風喚雨／反正我會
隨著滾動的硬幣消**失**（〈鏡，裡外的衝突〉）

10. **失**去意義的線索，一顆顆星星／高懸，神情飄忽的樣子
／還有甚麼可以形容它／除了詩，還有澆不熄燈芯的／
柔情，一滴二滴⋯⋯（〈風行〉）

11. 你留在臺北街道的眼角／躲在暗處又溼又冷／那是你聽
見妻小的**失**聲如洶湧波濤／你什麼也不說／祗是瞪著遠
方搖擺的／燭光，搖擺遠方（〈回家〉）

12. 如果你沒把自己縮在詩的牆角／如果你漠視一切，如果
你不再回頭／你不會聽見我的英雄／正一柺一柺地／自
落寞的詩行間消**失**（〈柺杖──致家駿〉）

13. 想像坦克就是橡皮／就是修正液，修正逐漸傾斜的／炎
炎世局／旋轉筆桿，你就在**失**神的某處／遇見臉紅的愛
情（〈磚頭──致67期的吉祥學弟〉）

14. 準星喘息於**失**焦地帶／扳機等待一聲令下／扣發／連珠
的／──心驚──／──膽跳──（〈勇士素描〉）

15. 他始自燃燒戰火的島上凱旋歸來／他聽見掌聲，聽見體內的樹葉歡聲雷動／每個**失**神夜晚都讓他一雙跛腳／頻頻喊冷（〈蠻荒大愛〉）

16. 老兵咳出的夜不斷**失**血（〈交戰〉）

17. 想妳時，大多是無聲的／像唱盤**失**去了唱針（〈幻愛〉）

18. 多想安撫妳，安撫妳放在電腦、衣櫃、音樂的／每一隻**失**去睡眠的眼睛（〈來自雪地裡的一封凝視〉）

19. 我堅實的隊伍／將因航向妳肉體的虛無而幻滅／幻變成發光的珊瑚卵、潮汐的樂章，或／偶爾**失**神於沙隙中的，泡沫……（〈水手之歌──致海上的女妖們〉）

20. 我無意讓／日子的蜂群在背後襲擊妳／讓妳在**失**神中盤算我的去向／…／黎明一天天緝捕我／就在面無表情的城市面前憑空消**失**／像**失**去心臟的空氣／像亂流不停震動著手機／像妳忘了我會在哪裡歇腳／那樣忘了妳／…／當妳以鬆弛了的翅膀／溫柔地卸下**失**能的光環及我／直到**失**聰的耳尖碰觸了幸福的鐘聲輕微響起（〈妳〉）

21. 妳充滿話題的舌讓我血脈賁張／妳睫毛淡發藍光的奇異

眼波／讓我**失**控的理智，瘋狂地／像蛆為妳擺動（〈甜
蜜的死亡〉）

22. 我的嘴唇因為過度抵抗妳而漸漸**失**去了血色（〈變瘦的
黑夜〉）

23. 看見妳那張久經注視而溫柔低垂的臉／多像伸出欄桿外
失去滋潤／垂死的枝葉，而我懷抱妳的溫柔／像三月的
細雨（〈夢土上，夏之螢光〉）

24. 多麼美好，我們／如常在詩句的溪流中往返／所有走**失**
的蜻蜓與發老的石頭都是愛的路標（〈吻合〉）

25. 但，認真的愛多麼莊嚴／像信紙包覆著的肉體／讓靜思
的夜揉成一團乖張的火燄／／而我懂的，如同妳懂／擁
有與**失**去的一切關聯──我們的愛／不見得比明天多比
回憶少（〈我們的愛〉）

　　上舉的例句均極精彩，但每一段都至少有個「失」字，他詩
中的「失」字不只這些，而一個人不會無緣無故寫那麼多「失」字
的。由詩集中可以約略了解，黑俠的童年就是從「失」字開始的，
那是只有他自己可以領會、甚至只能品嚐而難以領會的苦痛，然則
害怕失去的往往越掌握不住、越容易失去，卻也越想去別的地方掌
握住什麼，但往往又事與願違，這許是他不得不成為一個詩人的原
因，否則他會讓自己陷入瘋狂。而可以讓人真正瘋狂的場域並不

多，一個是戰爭或革命，一個是愛情，一個是詩創作，後兩者正是黑俠不能不陷入以彼瘋狂令自己不致真正瘋掉的處所，因此當我們讀到「讓我**失**控的理智，瘋狂地／像蛆為妳擺動」，就可以理解他為什麼想「甜蜜地死亡」了，當他說「慾望與**失**落竟如此神似」、「而我懂的，如同妳懂／擁有與**失**去的一切關聯」時，他要說的不正是「甜蜜之死亡」的必然嗎？

此時我們如果回頭再讀他寫在此詩集最早的一首詩（2003年12月），或更可理解他何以熱衷於「潑墨似」的詩的筆法和敢大膽豁出的人生觀了：

〈潑墨〉

以骨與血研磨秋色
以毛與髮粘合細軟筆喙
以靈與肉為畫布

潑墨

春雷攀附耳際
靈動飛鳥向山稜飛去
滿林楓紅筆直陡降
天空太小不如入缽搗成春泥
橋木與水滴的光柔軟沉澱
魚鷹盤旋山外頸項

潑墨

一幅萬頭攢動的
山水畫

　　「天空太小不如入缽搗成春泥」這是黑俠以「身」入畫，以骨血毛髮靈肉投注人生的大膽宣示，「潑墨」二字在詩中是動詞，是當下即是的，即使「魚鷹盤旋山外頸項」亦毫不遲疑。沒錯，「天空太小不如入缽搗成春泥」，這是黑俠的意志，這是黑俠「甜蜜地死亡方式」，即使冒著「甜蜜之死亡」的危險，亦義無反顧。正因「天空太小不如入缽搗成春泥」，也才能看出黑俠「情俠」的熱力、和「意志是鐵屑」但又要「飲出大山的意志」的生命觀，這句詩，也是他整本詩集的最佳印章。

從陰影側影背影到幻影
——讀張堃的詩集《影子的重量》

當他凝視事物，都想穿透時空，與之等值、同瞬、互動

　　只有經常由一個團體游離出去的人，才較有機會看到或注意到
自己完整的影子，即使長時間保有自己的影子是令人恐懼、害怕、
和備感孤寂的。而「游離」，表面是可怕的，作用卻是巨大的。物
質切割得越細小，展現的能量往往越大[1]，人越能離群獨處，思維
就越清明、行動就越不會絆手絆腳。這些年張堃的詩越寫越多，不
知是否與感受到游離的好處或智慧有關？

　　張堃長年因為生計，不得不自熟悉的環境常游離出去，即使
短暫切入陌生的異地異國，也往往仍處於難以溶入的游離狀態。他
的多年漂移游離與他從事貿易事業的推展有關，因此一年至少三分
之一時間必須往還旅行世界各地。此特殊的獨行經驗使得他的詩中
光影幢幢——短暫接觸即得離去、才稍熟稔轉眼即成夢境。因此從
與人頻繁互動的白天到客棧獨自孤處的異鄉夜晚，不論是面窗或面
壁、是面月面黑或面火面螢幕時，他對彎在牆角或彎在天花板上的

---

[1]　比如奈米化的物質是使物質孤立化，其特性往往非一般物質的聚集狀態所可比擬，
又比如小分子水（6-8個水分子組成）就比一般大分子水（12-18個水分子組成）更能
穿透透細胞膜，給身體帶來充足的養分和氧氣。

影子說話的機率一定比常人多。他應該常想安定他的游離，卻不能，以是只好使之一一沉澱成詩。或因此，他對自己影子下的工夫就越來越精熟，也越猛狠。

「影」這個字的本字是「景」，金文作「景」，上頭一個「日」，下頭一個像「亭」子的形象，表示陽光在高大亭臺上投下的影子。到了篆文則「亭」改為「京」，其後本義被奪，到了隸書乃另加「彡」（代表光彩），而成了「影」字。此後「影」代表了光線在物體下方或背後投下的暗斑，如陰影、蝶影、花影、踪影；也代表反或投射形成的人或物的形象，如倒影、側影、皮影、倩影。「影」成了人／物／景與環境／世界之間連結的中介或模糊地帶：

人／物／景—影（模糊地帶）—世界／環境

當人／物／景無以清楚呈現時，其模模糊糊的局部或倒影、側影、背影、乃至腦中存留的殘影，都暫時代替了其本來面目。

而張堃不知何故，對上述各種形式的「影」興趣濃厚，這其中或隱藏了可予探究的切入點。一般常人當身處在眾車雜逕、影樓互疊、輪子與步子競速的場合，影與影相疊相錯相軋，應很少有機會看到自己或其它事物完整的影子，因此也很難會發出「影子的重量」（書名）這樣的疑惑和天問的。影子當然沒有重量，詩人張堃經常游離在外，孤「影」見多了，感受自有不同，或許他想說的，會不會不只是外在可見的各種事物投射出去的影子，而也想指出影子所欲遮掩或已包含的巨大能量？他欲探索的會不會是我們內心世界蠢蠢欲動的陰影或影像究竟有多少能量、對我們有多大的影

響呢？

　　而這正是「陰影」此一詞的兩個意義，一指陰暗的影子，如日光、月光、燈光下的人影及一切物影。一則比喻心中的鬱結，它是人不願自我承認的一些黑暗部位，比如懦弱、自私、嫉妒、縱慾、貪心、吝嗇、好色等一切社會所不允許，而被自身挾持在內心的特質。《陰影效應》[2]一書中將陰影比喻成每個人揹在身後的隱形袋子，我們將家人或朋友無法接受我們的各個面向，都丟進這袋子裡。於是「你不在世界之內，是世界在你之內」（吠陀經），我們所看到的即是自身在世界的投影或顯像，或者說「你看到什麼，你就有什麼」。然而這些自小留存心中的黑暗部位不見得會被每個人所認識或承認，如何在人生歷程中逐漸加以「回收」，將內心中黑暗的部份予以「整合」，即有機會成為榮格所認為的「完整的人」。

　　此詩集對「陰影」的處理，可分為「大型的社會性陰影」與「小型的個人性的陰影」兩類型，前者類似拉康所謂的「大他者」，與社經制度風俗習慣的有形無形制約有關；後者則多與個人童年時的創傷有關。「大型的社會性陰影」如以下詩例：

> 影子
> 沒有想像陰暗
> 堆積得愈來愈厚的鴿糞
> 也僅僅添上一層
> 帶著訕諷的灰白色

2　狄帕克·喬布拉、黛比·福特、瑪莉安·威廉森著：《陰影效應：找回真實完整的自我》，謝明憲譯，天下文化，2011。

只是銅像

站久了

憔悴了

（〈廣場（一）〉）

　　此段詩是對社會集體鬱結因代表「偉人」或「獨裁」的「銅像」被推倒或象徵性減弱而獲紓解，因此「影子／沒有想像陰暗」，因此遭鴿糞一再堆積無人清理，其「憔悴」反使人民可以正面看待過往的「陰影」或傷痕，這是民主普世價值的推展所得，但還未達至全面性。「大型的社會性陰影」影響力其大無比，非個人力量所能對抗，詩人常只能以嘲訕、反諷方式予以挪揄或抵制，如〈拉斯維加斯二首〉之一的〈凱撒宮〉一詩：

城垛上的號角齊鳴

跟歷史扯不上什麼關係

花崗石的堅硬

卻把我硬生生地推向

羅馬帝國的一隅

我負手踱步在

一座座複製雕像的陰影裡

還來不及仰望

大理石的冰冷

又把我從公元前

瞬間拉回到二〇〇六

而我剛剛與凱撒

匆匆留下的一幀合照

當然更與歷史無關了

　　希臘羅馬文化對西方文明具有關鍵性影響，凱撒自是要角之一，其身影雕像四處可見，包括賭城拉斯維加斯，相關的歷史片段常以戲劇型式演出。因此「城垛上的號角齊鳴」、「與凱撒／匆匆留下的一幀合照」都是現代賭城娛樂的一部份，然而眼前「花崗石的堅硬」、「大理石的冰冷」與「雕像」雖是複製物，其真跡卻有可能仍然真實存在於羅馬帝國的廢墟中，與其典章制度的影響一樣巨大地矗立著，並被其他國家一而再地複製。如羅馬複製希臘、英美法德複製羅馬、東方複製西方，因此詩中說「我負手踱步在／一座座複製雕像的陰影裡」，既是實景也是西方「大型的社會性陰影」的影射，畢竟「複製」有其利必有弊，利明弊暗，很難令走在西方巨大陰影的東方人來得及理解而只能匆忙「仰望」。「花崗石的堅硬／卻把我硬生生地推向／羅馬帝國的一隅」是由虛擬的實景被推向歷史沉思，「而我剛剛與凱撒／匆匆留下的一幀合照」則由實景的演員虛擬了歷史，由現代的我的出現否定了歷史的不能重現。然而東方複製西方典章制度之「陰影」又是真實存在的，「我」僅能「負手踱步」其中，則「我」不僅是我，我們每個人皆持續活在一國影響一國、一文化影響另一文化之類似的「陰影」中。

　　此詩即在實景與歷史、虛擬與真實、複製與影響中進行推衍辯證，尤其「我負手踱步在／一座座複製雕像的陰影裡」兩句既嘲

諷了「大型的社會性陰影」是可被複製的，其存在必須與「複製的雕像」、「複製的大理石」、「複製的堅硬和冰冷」、「複製的凱撒」一起反思重省，而且對我們周遭一切的「複製品」（包括科技產品和其生產的合照）之無所不在，均有必要進行省思、避免「仰望」而已。此詩對西方偉人「陰影」的強調、及我們常活在對西方各種「複製物」的不斷仰望中，而未及撿擇且反省，有極鮮活的描摹、詮釋、與暗諷。

與此相近的還有〈普林斯頓印象——布萊爾拱門〉一詩：

> 我想走近一點
> 如此就靠歷史近了一些
> 彷彿這樣才能
> 感覺花崗石的冷
> 才能聽出風聲
> 一再重覆又聽不清的信息
>
> 在拱門的陰影裡
> 我取出相機
> 隨意拍下風景明信片上
> 沒有的斑駁

張堃藉此詩想說的，是再壯麗高偉的拱門都不是用來儡人的，而是其中隱藏了歷史中聽不清又一再重覆的信息，此信息作者未說明是什麼，而只以「在拱門的陰影裡」的「斑駁」代表之，那裡離歷史和真實就近了一些。於是「陰影裡的斑駁」是「風景明信片」

所未現，是「隨意」即可「拍下」的，而眾人皆忽略它們。連「陰影裡的斑駁」都成了張堃目光的焦點，也難怪他詩中何以會有那麼多型式之「影」，那其中必潛伏著什麼。

「小型的個人性的陰影」是他詩中「陰影」型態的另一重要型式。先以〈散步小集〉之一首為例：

> 曾經奔走於大江南北的腳
> 現在漫無目的地走在
> 行人道上
>
> 鞋聲輕了許多
> 拖在身後的影子卻重了

此段詩大概即此詩集命名《影子的重量》的來源，說的是過去為生活奔忙，只顧往前衝，很少回首，現在能「漫無目的」行走，表示負擔已輕，因此「鞋聲輕了許多」，但「拖在身後的影子卻重了」，輕的是身體的負擔，重的可能是歷練多了，所思也多了，回首自身，面對身後投下之「影子」和內在「陰影」的機會增多了，這是屬於「小型的個人性的陰影」。此種陰影在心理學中被視為是毒也是藥，是垃圾也是金礦，因為我們同時擁有明與暗、必須與之共在，無法逃避。被我們投射的影子即自我的延伸，不承認或不喜歡，即無法面對自身，人必須對此陰影下工夫才能解放自己，同時也因而解放他人，以是「影子的重量」即是張堃藉輕盈自己的「鞋聲」，而認識到內心世界蠢蠢欲動之陰影的能量吧。

人一生中如果不願揭露陰影，就是冒險將自己置身險地，此即

《陰影效應》一書所稱的陰影效應。但要對自己的陰影下工夫談何容易，由於陰影誕生在小時候羞於表現自己的某些特質，而為自身所難揭示，那是隱藏於無意識下之暗蔽處的內在羞愧，似乎只有透過正向看待自身的任何缺漏或匱乏，包括夢境所象徵暗示的，方易自我揭發。這也是張堃為何會藉〈戀人〉一詩說：

> 他們相愛
>
> 如觸高壓電般
>
> 達達了起來
>
> 非但在變形的夢境之中
>
> 還原了本來面目
>
> 更在超現實的幻影裡
>
> 顛覆彼此
>
> 最後
>
> 解放了

現實中人人帶了面具，看不見彼此真貌，只有透過特殊情境，比如觸電般的戀愛，才有機會省視自身，在無厘頭地「達達」起來中看見內在的天真，宛如「在變形的夢境之中／還原了本來面目」，更在有如「超現實的幻影裡」，將彼此世俗的虛假顛覆，面具揭去，宛如重獲純潔或自由般地雙獲「解放」。即使他們在世俗眼光中是「夢境」或「幻影」般不真實，卻是脫掉陰影、暫拋影子般的使自身處在無設防的危險的卻是自如自在的狀態。

上述那種「如觸高壓電般」的狀態不易見，「還原了本來面目」的機會也不多，反而在日常重審自身夢境時，或透過深切的

自省，才有機會瞥見自身之匱乏和陰影。比如張堃下面這首〈透視〉：

一面鏡子
悠悠自暗室醒來
湊不成形的影子
沿著牆壁滑落
消失在另一個黑暗中

他夢見
浴後的自己
根本還留在鏡框裡
全身赤裸
竟和一個陌生的影子
擁抱
那早已不存在的

夜

　　此詩「醒來」的其實不是「鏡子」，而是如「鏡」反映自身內在的「真我」，「湊不成形的」也不是「影子」，而是現實中虛矯的「假我」。因此當「他夢見」的「浴後的自己／根本還留在鏡框裡」時，他說的即是脫去陰影的「真我」，因此才能「全身赤裸」，大膽地去擁抱「陌生的影子」和「不存在的夜」。他說的或是人內在深層的欲望，卻是由「鏡」、「影」、「我」三者的關

係，去辯證前段「湊不成形的」的「影子」和後段「陌生的影子」的關係和相異。由此而求得人之「陰影」既是阻礙也是更真實的不願接受自己，如此，「陌生的影子」何妨看作是自身脫掉陰影後的形象呢？

而在詩中藉助「凝視」自己、景物、或歷史，而得以自由地轉換角色和時空，一直是張堃擅長的手法，也是他得以在尋常生活中進入「變形的夢境」以「還原本來面目」，及「在超現實的幻影裡／顛覆彼此」、最後獲得「解放」的重要技法。比如他在〈卡內基湖一瞥〉一詩中說：

> 點點光影
> 灑落在湖水的一方
> 小船划過的水痕
> 波漾著我氤氳的想像
> 飛鳥低空掠過後
> 連漪便靜靜散了開來
> 流雲附庸風雅
> 也掉入湖面
> 和一張路過旅人的臉
> 一起浮沉
>
> 那是我刻意留下的倒影
> 算是做為來此一遊的印記

刻意留下「倒影」與「附庸風雅」的流雲「一起浮沉」，因

為被我們投射的即自我的延伸，敢於承認自己不喜歡、乃至暗諷自身，即與自己暗面共在，也是擁抱自我、容納匱乏的方式。辛鬱說「張堃是條爽快麻利的漢子」（見〈予人以內心的率真——略說張堃〉一文，文訊雜誌第288期），由其詩作勇於面對自身、揭矯去偽，最易見真章。

因此當他凝視諸多事物時，都有一種想穿透時空，與之等值、同瞬、互動、相與往還的真切感，比如下列諸片段：

我移動數位相機的鏡頭／屏息拍下／那抹一九四一年的晚霞／在亞歷桑那號沉船的上空（〈珍珠港夕照〉）

船尾漾出的一條水痕／正拖著浮映神祕圖案的倒影／緩緩划入／玻里尼西亞人／男女混聲合唱的波濤裡／一個波浪打來／把我跟著唱不上去的高音／轟然蓋住（〈獨木舟〉）

從最初側影的暗示／投射到窗的感覺／內心深處的密碼／不容輕易破解／／坐在飛翔咖啡屋的人／把自己上升到／比雲層更孤絕的高處／去看曦日（〈人物素描六幅（現代女詩人側寫）〉）

年輕時／不知如何才能／走進畫裡／去感覺那些女人的愛與恨／如今我從畫裡出來／帶著繽紛的色彩／向絢麗的黃昏走去／而她低頭撫琴的側影／看來依舊那樣害羞／只是蒼老了許多（〈靜物四帖（帖一）〉）

枯枝伸長了抖顫的手／試著去抓住／一抹就要散去的灰雲／
天色突然忽明忽暗／即將落雪的天空／一時分外寧靜（〈一
個老婦的側影〉）

我回頭　望去／公車站在黃昏中／冷清了／路燈／茫然了／
街樹／站累了／而當那人的背影／和冰冷的暮色重疊時／
小街的夜／就真的很老了（〈新北投的那條小街──寄碧
果〉）

我隔著霧氣重重的窗玻璃／全神貫注地去拼湊童年／朦朧的
雨景／更加模糊不清／只看見／父親走遠後／留下濕透了的
背影／在深巷盡處／在雨聲中（〈懷念父親的詩四首那年雨
季〉）

　　上述詩段，不論寫倒影、側影、背影，均有時空難再、唯當下
最為可貴的感嘆。而且事物即使如何努力，實難徹底看穿、明白實
相究竟為何，因此他要拍下「那抹一九四一年的晚霞」，其實當下
即如當年，一樣淒麗可憶。因此他視「水痕」與「倒影」可以「緩
緩划入／玻里尼西亞人／男女混聲合唱的波濤裡」，那是他情溶境
裡，與之合一。因此他說「側影」僅能「暗示」、人與人很難「輕
易破解」那「內心深處的密碼」，而且是「不容」，表達了「此
影」與「彼影」間的糾纏複雜。如此則雖然「不知如何才能／走進
畫裡／去感覺那些女人的愛與恨」，則何妨再「從畫裡出來」去欣
賞她們「低頭撫琴的側影」，其餘不必強解強求。以是「老婦的側
影」只能由「枯枝伸長了抖顫的手／試著去抓住／一抹就要散去的

灰雲」去揣摩。由詩人碧果的「背影／和冰冷的暮色重疊」時,去感受人生的茫和累。當「父親走遠後／留下濕透了的背影」後,拼湊的童年卻「更加模糊不清」。其實其中無不隱含生命不可盡解的無奈無力、和人生的無常感,卻又透露了唯有當下的持握最為可貴的哲思。

因此即使「流浪」到「盡頭」,「他最後直接走入詩人墓園／而且立刻躺成了一具空空的白」又何妨,即使「在　存在主義的幻影裡／在　演不演都一樣的虛無飄渺中」(〈終站之後——悼詩人周鼎〉),成為「幻影」又如何?只要在生命某一當下曾感受到:

> 俟達達的船聲
>
> 遠遠傳來
>
> 你才會意那一抹
>
> 晦暗的留白
>
> 原來是一艘返航的漁船
>
> 搖晃在雲霧瀰漫的海天之際
>
> 　　　　　　　　　　　　(〈船影〉)

張堃說「那一抹／晦暗的留白／原來是一艘返航的漁船」,「晦暗」卻「留白」,一如「陰影」緊臨著「亮光」,其實就是他想擁抱的「影子的重量」;返航的也不只是漁船,而是人人一生尋覓不得的「真我」吧?張堃的詩的歷程,即是張堃等待的、生命本真的返航。

水過無痕石知道
——嶺南人詩中的斷捨離

語言的內在修行方式，近乎「斷捨離」的一種功法

　　人生走上了古稀之後的階梯，無常事經歷多了，許多糾結再綁也綁不緊，記憶時斷時續、甚至自行脫鉤，再執著的過去慢慢干擾不到現在，遂有逐漸可去掉多餘的行囊、捨離過重的內在負荷，乃漸有自如輕鬆之感，終於可以微笑面對不會太久長的未來。泰華詩人嶺南人（1932-）一生閱歷豐富、筆耕不懈，八十歲之後的詩越發短小精悍，精簡到不行，奉行的雖是2006年起泰華「小詩磨坊」諸君發起的六行規則和精神，而作為眾成員中年紀最長的老大，他的詩中透露更多的是他對生命的調侃、批判、和領悟，乃至了然與智慧。

　　而提起泰華「小詩磨坊」十一年來所帶動出的小詩風潮，嶺南人輩份最高，在前執旗，當然功不可沒。此風潮恐再非當年臺灣詩人林煥彰主編泰國世界日報副刊時起心動念，只是欲藉報刊發行、在泰華一地一區倡導六行詩那樣單純而已。如今在臺灣在大陸在菲律賓乃至東南亞華文世界，從小詩「變形金剛」出的微型詩（三行）、閃小詩（六行）、截句（四行以下）正被不少詩人慢慢地納入創作的視野，這比起上世紀二〇年代乍現冰心小詩、七八〇年代

臺灣開始倡導小詩運動的清淡狀態已不知要好上幾百倍，那時的小詩始終只是地下伏流，從未被主流詩壇視為可能的創作主軸。上述的改變，顯然與泰華「小詩磨坊」諸君成立有詩史以來唯一的小詩團體，且能堅定立場和力行大量創作，都有直接或間接的關聯。未來華文新詩史上，不能不將泰華「小詩磨坊」好好記上一筆，因為也只有這個團體，曾創造出這種跨地區跨時空、具有驚人力道的小詩風潮。

而作為「小詩磨坊」眾成員中年紀最長者的嶺南人，在他的詩中，似乎早就預見了上述此團體所創造出的巨大能量。他在此詩集中的第一首，即以四行詩〈水過無痕〉寫「水過」的厲害，像在作「小詩磨坊『過』」的未來預告：

水過，真的無痕嗎？

水中石知道
河岸知道
岸邊的樹也知道

題目的〈水過無痕〉的「水」是名詞、「過」是動詞，詩中首句「水過」的「水」既可當名詞，也可看作動詞，當動詞看就更可感受水的力道，水製造出了水能作的動作，此時「過」字是助詞，表示曾經或已經的意思。詩中的「水過」應是在有石有河有岸之後，可能之前就有河道存在了，只是在河道上多出一道水的波瀾來，形容之前有河，我的存在是河上之河。然則此「水過」不可能沒事，猶如走過、經過、意識過、創作過、詩過，能有一段時間的

持續性，「水中石」也感受到波動吧？「河岸」也因而被波瀾推動乃至改變了岸的形狀吧？乃至「岸邊的樹」也被滋養到了吧？詩中只有首句用疑問句，推翻詩題〈水過無痕〉的傳統看法，等於後三行均用肯定句否定了「水過一定無痕」的既往觀念，是一種自信和肯認，表示沒有什麼努力會白費的，近一點的水中石、遠一點的河岸、更遠的岸邊的樹，陸陸續續都會受到我「水過」的影響。沒有什麼會白費力氣的，是此詩主旨，這不也正預示了「小詩磨坊『過』」的現在式和未來式嗎？

「水」潤萬物，「水過」可以示人生、可以喻行動、可以表示寫作，是以部份暗示全體、以有限表現無限、小我暗喻大我，這正是他在這些小詩中一而再再而三使用的手法：寫情而不急於抒情，寫一生卻以小事小物出手，寫自己而不及於自身。以他的另一首詩四行詩〈華僑〉為例：

　　因風
　　出岫的雲

　　回頭，找不到
　　回家的路

　　做為一位「華僑」，其實是歷經顛沛流離、備嚐艱辛，才能養家活口、安然立足於異國，乃至事業有成、雄霸一方，但回頭去尋來時路，卻早失了回家路。此詩僅四行，前兩行說明去國多非自願，而是「因風」來才不得不成了「出岫的雲」，亦即嶺南人的華僑身份與諸多寓居海外華人的命運相近，皆與戰亂的大時代變化有

關，遍嚐人生苦澀，卻不知從何說起。後兩行則是倦鳥知還，落葉思歸根，卻去鄉多年，景致人事全非，再無舊時影像可尋，「回家的路」乃遙不可及。用四行就交待了諸多華僑（包括自己）無奈離家、又無根可歸的失落感，寫來冷靜而未抒己怨，只說雲如何去如何回又無可歸而已。

再如他的五行詩〈流浪的藤杖〉：

篤、篤，穿過山間小徑
回到生它的山林

山上的樹不認識它
樹上的鳥，噗噗飛走
落下幾粒冷冷的鳥聲

唐賀知章〈回鄉偶書〉二首其一說：「少小離家老大回，鄉音無改鬢毛催。兒童相見不相識，笑問客從何處來」，寫的是自身回鄉景物人事全非的尷尬處境，由「鄉音」不變、「鬢毛」已衰白入手，仍是以人寫情、貼著自身感懷來寫。嶺南人的詩不然，寫的卻是一根微不足道的「流浪的藤杖」，藉藤杖寫人而不及於人，只以「篤、篤」聲顯示有執杖之人，且正「穿過山間小徑／回到生它的山林」，既顯示了藤杖也彰顯了持杖人出身的野性和寒微。只可惜「山上的樹不認識它」，新生的鳥「噗噗飛走」、只「落下幾粒冷冷的鳥聲」，用「粒」字有如子彈粒粒都會擊中人，藉聲音的輕脆嘲諷被對待的空曠淒清。如此落寞景象在詩中並不直指人，而人自在其中。

「不直指，而自在其中」的表現，很像印度瑜伽中的「斷、捨、離」行徑，即斷行（切斷欲望）、捨行（捨棄執著）、離行（學會放下），儘量抽離想過度表達自身的修行方式。日本的一位女性山下英子（1954-），2009年起即以此「斷捨離」的日常行動精神，教人如何斷絕不需要的東西，捨棄多餘的廢物，脫離對物品的執著，從而整理自己的人生，此系列出版了三十幾本書，總銷售量破三百萬本，使得「斷捨離」成了「減法概念」的整理術和流行語，也是具體可行的步驟。如以「斷捨離」三字對照上段所說嶺南人的許多詩作，乃至「小詩磨坊」諸君六行（或四行五行）小詩的極致，或即「寫情而不急於抒情，寫一生卻以小事小物出手，寫自己而不及於自身」，看似極度冷、知、淡，其實背後是熱、感、濃，是一種沖淡、清和、自在的反面顯示。

　　「不急於抒情」看似「切斷」抒情，乍看「絕情」，卻蘊情於含蓄中，實則並「不絕情」，可說「絕即不絕」。「小事小物出手」，且只點到為止，看似「捨棄」大視野，集中在「少」數事物上，卻是「少即是多」，隱藏了以有限表現無限的企圖。「不及於自身」看似「離開」自身、推「遠」自身，但「遠即是近」，不說自己反而容易涉及自己。若整理之，則如下三個面向，均指向詩宜短宜小宜大膽地「斷捨離」過去長篇大論的詩寫形式：

> 斷是絕、是切斷，但絕即不絕
> 捨是少、是捨棄，但少即是多
> 離是遠、是離開，但遠即是近

　　如此書寫模式並不易為，一開始要常常勒住自己準備滔滔不

絕的衝動，接著要從情理事物中抽離自身，以較高視野審度自己所曾經，最後只能擇一枝一葉放大顯微，所謂見微知著，明一則明一切。那像是不斷推開自身，遠角度觀察包含自己在內的一切，將自己與眾多事物同一。久而久之，這更像削減自身多餘的承載，雕刻自己成一輕盈之羽之毛之微粒之灰之塵，最後很像是藉助語言的一種內在修行方式。

即使寫婚姻這樣切身縱貫人一生的詩作，嶺南人也將之「斷捨離」到只剩六行，而且用路、腳、鞋三者的小事小物關係去描摹，比如〈婚姻物語〉一詩：

路，坎坎坷坷——

腳在路上
鞋在腳上
鞋合不合腳
有誰知道

腳，含淚不說

路指人生，腳指自己，鞋則指婚姻，「鞋合不合腳」就像說婚姻這種制度、或眼前經歷的這段婚姻適合不適合自己，既與路的坎坷有關，也與自己能否適應有關。但都走到眼前了，多說無益，只有將鞋穿在腳上的人最清楚了，但「腳，含淚不說」，既含淚（腳只會流汗）則其中辛酸苦楚就盡在不言中了。此詩既發了牢騷，其實也嘲諷了自己對此樁婚姻的選擇（看樣子不合腳）、也批判了婚

姻制度本身（人不穿鞋走路不合社會規範）。

另一首〈一朵青苔〉則是隱微地寫思念之情：

聚　散
似一場夏天的驟雨

雨後，歲月流逝
濕漉漉的牆角
長一朵青苔
我的思念，翠綠如玉

「一朵青苔」是何等微不足道之物，甚至連一朵都稱不上，
不是一小片就是一大片。首二行寫情事之起落似驟雨，三四行寫雨
後的影響是造成「濕漉漉的牆角」竟然「長一朵青苔」，此青苔是
「歲月流逝」蘊育出來的，非別的，代表「我的思念」，其形狀被
放大乃至顯微看，竟「翠綠如玉」，美而不為人所注目，只有悄悄
放在心裡一角靜賞，且是不為人知的濕角落。其他就沒說，留給讀
者想像為什麼「一朵青苔」會「翠綠如玉」，即使如此，其背後意
義為何？均不說，此即「寫情而不急於抒情」，說了一點點即停。

他的〈山石〉更為隱微：

與樹與竹與花草，毗鄰而居
與山鳥山雞與鹿與龜為友
他們常常來訪
談山中故事

偶然，與沖闖進來的山洪

鬥嘴，激起飛濺的浪花……

　　詩中的樹、竹、花草、山鳥、山雞、鹿、龜雛均為尋常動植
物，卻不易成為長年居曼谷的嶺南人之鄰之友，因此乃以詩題「山
石」作為主角，寫其可能境遇，「他們常常來訪／談山中故事」，
則是指這些山野之物對山石的造訪。末二句：「偶然，與沖闖進來
的山洪／鬥嘴，激起飛濺的浪花……」，則是山石面對突變狀況採
取的對策，非屈服，而是「鬥嘴」抗爭，乃至激起浪花。看似寫
景，也等於狀描了自身處世圓融（與誰皆可相處），但仍有最後不
屈、遇強則強的原則，可說是「寫自己而不及於自身」的一例。
　　即使寫遊行抗爭亦點到為止，比如〈風口獨坐〉寫的可能是曼
谷政爭街景，亦可能是世界任何一角落：

雙手合十，盤腿

似老僧入定

一白衣女子，街頭

風口獨坐，把步步逼近的盾牌

擋在眉睫下，風紋不動

世界　嚇呆了！

　　「風口獨坐，把步步逼近的盾牌／擋在眉睫下」，有睥睨強
權者之勢，簡單幾筆，就說出了抗爭者的無畏。另一首〈劫後是樂

園〉直指六四多年後,「草地上,履帶碾過的車痕還在/樹上,滴血的彈孔還在滴血」,但「只見被槍聲嚇跑的鴿群/翩然歸來,飛上飛下……」,看似歡樂詳和,卻極具諷刺味。

臨到晚境,嶺南人詩中越發表現出一種豁達,比如另一首與前舉〈水過無痕〉意味接近的是〈紙船〉:

> 小孫子把我的詩稿
> 折成小船,放入水盆裡漂流
>
> 妻閃電出手,把船從水裡撈起
> 說,那是爺爺的詩
> 我說,就讓詩坐船也去漂流……

「就讓詩坐船也去漂流」,其境況如何,豈須又如何須預期?也有如他寫晚近心情:「火焰將熄未熄/灰燼堆裡,寥寥落落/星星　閃閃　燦燦/足夠溫熱一壺老酒(〈晚景〉後四行),或「眉毛盡白的一匹狼,雪地裡獨坐/低頭,舐身上腳上的傷口/偶爾仰首,對下弦月/長嘯幾聲」(〈眉毛盡白的一匹狼〉後四行),說的是隨遇而安,不強作為,藉僅餘能量能「溫熱一壺老酒」也是幸福,「眉毛盡白的一匹狼」顯是自況,舐傷之外還偶能「長嘯幾聲」,皆是力氣猶存,但又懂得量力而為,舉足皆能隨心所欲之感。

由前舉諸多詩例,顯示嶺南人在四、五、六行的詩作中,尤其是六行詩,進行的正是語言的內在修行方式,近乎瑜珈「斷捨離」的一種功法。斷是絕、是切斷,寫情而不急於抒情;捨是少、是捨

棄，寫一生卻以小事小物出手；離是遠、是離開，寫自己而不及於自身，看似冷、知、淡的表面，細想卻是出於熱、感、濃的內心，這已幾乎是沖淡清和的生命觀、和自如自在的生活態度。一切看似只是「水過」，宛若「無痕」，但水中石知、河知岸知樹亦知，則有痕或無痕，其間差異何其微也。嶺南人藉助對小詩的堅持和不懈創作，展現出了他對詩追求的極致，也正顯示了他晚近的生命領悟和智慧。

（本文為泰華詩人嶺南人詩集《嶺南人小詩選》的序文）

用詩扛起天井的人
——詹澈詩集《發酵》序

他挖著一口井一樣的挖著靈魂的出口，一首詩扛起一口天井

　　詹澈是詩人中的異數，詩壇的邊緣人，有時站在島嶼的最低處、躲在一顆西瓜裡發著自己奇特的泥土的聲音，有時卻站在府城大道的最中央率領農民們高舉鋤頭與拳頭怒吼。他的生活是刻在骨頭上的，他是臺灣除吳晟外將雙腳插進土地最深的詩人，卻也是腦後高聳著反骨、頭頂升起最長煙囪、火焰最旺的狂狷者，從來不甘於被操弄土地者所操弄，雖奔突闖盪數十年，最後仍認定筆頭與鋤頭是世上剩下的最真實之物，也最接近他年輕時的初衷。

　　他是被生活折磨得極徹底的詩人，由帶著深度眼鏡比我還矮的外表是看不出他掌內的繭、內心的硬與稜角的，《論語・子路》說：「子曰：『不得中行而與之，必也狂狷乎！狂者進取，狷者有所不為也。』」他是一生都在為曾與他站在弱勢同一邊的農漁民、土地與事物而不停憤怒又可棄一切而行的人，有時狂有時狷，或躁動或靜伏，振幅極大。近些年他曾居無定所、南北奔波、城鄉間頻頻游移，見聞體悟更深，竟在出版了《土地請站起來說話》、《手的歷史》、《海岸燈火》，《西瓜寮詩輯》、《海浪和河流的隊伍》、《小蘭嶼和小藍鯨》、《綠島外獄書》、《下棋與下田》等

多冊詩集後，發明出了「五五詩體」，五段五行，共二十五行的短詩形式，硬將自己過去善於長篇言說的寫詩習性塞入幾乎固定的形式當中。而且完成近百首，近年所思所感均輯於其中。此項體例雖在2012年他出版詩集《下棋與下田》時就已編入試寫的三十四首，但仍得等到近兩年才將餘稿殘稿整理完整，使「五五詩體」正式成形。

　　這樣由長而短、由自由而走向形式化，其實是非常戲劇性的。這就像他在〈背包裡的一點重量〉詩中所說的，一度曾在三年中換了三個背包、三個職業、搬了三次家換了三個房東，卻無人認出他曾是鎂光燈聚焦過、發動12萬農漁民大遊行的農運領袖。而背包裡總裝著三本已無封面，脫線脫頁的《詩經》、《楚辭》、《唐詩宋詞》，它們的重量，像站在天秤的一邊，可以「平衡並減輕了」他「前半生的煩惱」，此種平衡感，有如詩經中為農民控訴的「碩鼠」後跟著朗誦歌頌愛情的「雎鳩」，或離騷與天問之外仍要有巫山雲雨的民歌與舞曲。如此借「這三本書的重量」，「繼續平衡我的後半生」，是欲在生命無奈的兩極性中尋求一個恰當的平衡點，在狂與狷之間找到一個支撐，這就像在種田與寫詩之兩頭、農運與現實之中來回奔馳，要找到一個支點使自己不墜一樣不易。

　　他的「五五詩體」顯然是要由過去的自由詩體中拉回來，反覆思索其可能形式和內容，如何可以同時推進並得詩之最佳效果，此詩體可以說是上述「平衡點之尋求」的一個結果。當然我們從他歷年詩集的名稱的變化可以看出他眼光的移動和關心事物的大略差異和今日走到此地的緣由，最早的《土地請站起來說話》和《手的歷史》二集指向他關心的土地和弱小人事物遭到欺凌而不得不憤激以對，《海岸燈火》時眼光開始移向遠處邊界，《西瓜寮詩輯》時

在西瓜裡找到自我的位置和世界宇宙的象徵，《海浪和河流的隊伍》、《小蘭嶼和小藍鯨》、《綠島外獄書》心思流動，如河如海如洋洶湧卻又被遠方的原始與現實擋住視線，《下棋與下田》似乎認定鋤頭與拳頭有其極限，筆頭和心頭仍具作用，而下棋和下田一樣隱含範疇和規矩，自由與侷限是並存的，過去現在未來相繫，不可絕然分割，這使得他初步實驗的「五五詩體」形式在此詩集中更為完備而集中，所表現的內涵也具有昔今相連、城鄉互抗互補、萬物一體、我與他者同理，更加自如自在地運轉其詩思，經驗與想像更能自由出入，不能不說他的此一試驗，頗值得關注新詩發展者注目。

此集的作品關懷層面廣大，敘及的人事物多為中下階層，時空跳接大膽，敘事與抒情並進，而往往敘事的背後像一篇故事、或小說，隱藏了很多的悲情或悲劇，涉及的政治批判則常只點到為止。寫到的多屬城市小角落的小人物或偏鄉弱勢族群，打鐵的、捕蝶的、種蘭的、裁縫的、補鞋的、賣玉蘭花的、農婦、老婦與白子、偷奶小孩、用掃帚敲大哥棺材的母親、噴灑農藥要兒子不要當吊絲蟲般當什麼詩人的父親、吃了草中毒死去的老牛、被大水沖毀的西瓜田……，我們看到一個年輕時以影子與汗水與土地相互糾葛、青年時涉入農運不得不沾粘政治最後又離開是非圈，在城鄉間奔波討生活想安頓自己、又堅持追隨屈原天問之後要當定詩人的中壯年，其辛苦、其掙扎、其矛盾，這是一位心思出入童年與土地記憶、玄想要追索古今中外詩人的辛苦的靈魂。

詹澈從不作無病呻吟之詩，他的詩完全根基於當下的生活點滴，不論在鄉或在城、站在泥土中或踏足巷弄馬路間，但又能在時空中上下縱跳，從不沾粘其上。此「五五詩體」使他有足夠行數和

空間將其意識帶向遠方、或夢或古、或過往經歷的人事物，或使彼此相互滲透、交融，並將他念茲在茲的詩之志業與所有的行業和人事物互比相較，等於那些中下階層的行業和人事物所經所營其實與詩人無別。因此此詩集出現詩一字的段落至少上百處，有「詩」字或「詩人所思所為」之詩作超過三分之一，甚是奇特。

比如〈老婦鞋匠——屢經嘉義市東市場小巷邊所見〉，此詩發生在嘉義城隍廟與陽明醫院間的小巷邊，首二段寫到附近有鞭炮聲鑼鼓聲穿梭著，有救護車急響著「有醫——無醫——有醫——無依——有依——」，又間雜火車「工——農，工——農」穿街而過，此二處擬聲詞，真切又諷刺味十足。然後帶到老婦鞋匠坐「在兩種聲音與身份之間」，陽光「照見她手指針刺的傷疤和右斜的肩膀／照進她內心沈寂的底層，再隨縫針，鑽出來」。三四段寫鞋匠可能一坐就50年了，讓到了中年的我「才遇見她母親一樣的坐姿」，看到她「把那些沉默的在路上走到裂皮裂嘴／想要哀叫的皮鞋用力的再縫合，縫緊」，她的坐姿是「一種和影子一樣黑的沉默」，聞盡腳臭，看盡真偽人心，且說不定她也在等待誰，而可以「打開話匣子，彷彿找到了主人的鞋子」。最後才來到〈老婦鞋匠〉末段：

能堅持這人間寂苦的漸失的手工業，蹲著或坐著
猶如堅持用手在廢紙上寫詩，醒著或悶著
努力縫補走過的缺憾，在神明與人世之間
我們偶而微笑招呼，閃過陽光
她的影子，斜著與我的鞋尖擦身而過——

全詩以景中的各種聲音雜沓及光線左斜變化帶動城市一角低階

層人物的處境，她的坐姿其實是帶著傷疤和斜著肩的，卻如自己母親似的親切。然後帶入鞋匠的工作和內心也可能有的期待，末段則將此「漸失的手工業」與「用手在廢紙上寫詩」互比，都為了「努力縫補走過的缺憾，在神明與人世之間」，一方面指前二段的發生場景（廟與醫院、市場），一方面也指小市民內心的信念與純真。最後二句以我與老婦鞋匠的微笑互動（非一面之緣而已），陽光和她影子「斜著與我的鞋尖擦身而過」，對應鞋匠的身分，以及彼此近距離的交錯。敘事中帶出隱微的世間情，細讀後有種莫名的感動與感傷。

與上述詩作相近的是〈女裁縫的二胡〉，寫的則是北部終於落了戶的新店，經過路口聽到依依呀呀的二胡是錯覺，其實是裁縫師的兩臺裁縫機像兩隻貓蹲在那裡，當拉鍊被拉緊兩邊就如手指拉著二胡，這私人手工業使他想起「習慣用手寫詩」的自己，也「在愛情與親情的兩邊，縫著／愛情與思想的裂縫」，想起自己仍是一個遊子，母親早逝，而女裁縫低頭要縫的不就是「遊子身上衣」嗎？詩末段則回到現實與過去並呈的場合：

這是這一生第幾個轉角，路旁車聲，如霓虹燈
來來去去，二胡的聲音如地下小溪在轉彎處，停頓
腳踏裁縫機，響起故鄉的插秧機插插前進的聲音
針腳上下，插嘴銜著秧苗插進泥土裡，她壓平布面
抬頭，看見玻璃窗外的我注視著她，兩邊的距離是那麼不好
計算

再一度，雜沓車聲與如二胡聲裁縫機聲、插秧機插插前進的聲

音，昔今三種聲音交錯前進，加上「針腳上下，插嘴銜著秧苗插進泥土」，既指裁縫機的小針腳又指插秧機的大針腳，聲音和形似的大小交錯使時空產生奇特的重疊感。末了，又拉回現實，我的注視被女裁縫發現了，「兩邊的距離是那麼不好計算」，說的既是我與她，也是鄉與城、土與布、昔與今的距離。

　　其他如半百的同學仍在打鐵為生，比自己辛苦，但寫詩卻也有鐵製器相似的效應，如〈打鐵店〉末尾兩段的三行：「他略為彎曲的腰背，比我辛勞的，躬身用手工寫詩／／我想告訴他；錘打，推敲一個字或一行字／如把弦月似的鐮刀錘打成長劍，或滿月的圓鏟」。又如〈竹子曬衣竿〉說：「詩的文字，在節氣與氣節之間爬行、飛旋、穿透／穿越生死兩端，如斑點的陽光，連成一片走向竹林」。〈發酵〉說：「發酵這首詩的過程；聽廚房燉的佛跳牆滾爛／如爛透的種籽裡發出新芽，眼睛看不見／但它在進行，像一夜長一寸的西瓜，或胎兒」。〈留瓜〉說：「看著像被揉皺拋棄，用筆寫上詩的白報紙一樣的／西瓜園，瘦脊又挺出肚腹」。〈追逐的叫聲〉裡提到八股式的作文老考不及格，「但小狗母狗母雞小雞與小黑／牠們的追逐與叫聲，在記憶深處或夢醒時，常常／以詩的考題提示我，如何在孤獨與飢餓中保持清醒」。〈簸箕篩選〉中說：「寫著一首首多餘的詩？那麼多多餘的字？例如／簸箕篩選斜甩出去的穀殼糠皮，剩下／在陽光中發亮的白米，那些字句，不能徒勞」。如此一而再再而三以詩與打鐵、竹竿抽長、糞糠發酵、被拋棄的西瓜園、鄉村家畜叫聲、去糠白米等鄉土經驗互比相較，像不斷提醒自己一生所求從未後悔似的。

　　在〈見古井有水想起北宋詞家柳永〉一詩中前面還先來個自寫的四句簡練的古典詩，以明詩人心志：

不做帝王客　　自唱百姓歌
聲名在人間　　豈止淩煙閣

　　詩首段寫從西夏歸來的使官下馬在井邊高聲傳達：「凡有井水處即能歌柳詞」，以暗示自己也要「唱百姓歌」的意圖，即使有「民歌俗詞」味也無妨。接著由井水引出第二段：

何處是柳三變一生羈旅途中歇息解渴的古井
在我祖父時代村口的那口井，已被
離家出走的父親扛走，他也對我說；我不相信
你能再扛走一口井，不要寫那些沒路用的紙字
那時我就想；用一首詩能扛起一口天井

　　離家出走的父親扛走村口的那口井，意思應是那口井突然沒了，像被父親帶走似的。而第三行的他應是指祖父，但說是父親也無不可，反正皆認為詩是「沒路用的紙字」，人就要安份守己。但自信的我卻不信邪，認為「用一首詩能扛起一口天井」呢，天井可指院落，或是更大的範圍。此詩末二句：「寫白話詩，如經過一口古井，井水清澈映月／白水之白，掬一瓢飲，瘦窮憔悴猶能吐一口氣」，表明寫詩與瘦窮憔悴無涉。
　　作者還有首未收入此集、發表於聯合報副刊（2012/02/09）的〈扛起天井〉一詩中也提到，那句話（不可能再扛起一口井）父親也向我已逝的大哥說過，還一直說，說至他車禍那天，但井已不重要了，因「村裡的人早已忘了那口井的存在了／自來水嘩啦啦的流

著如電視劇與流行歌」。後來在臺東溪邊西瓜寮工作，有溪則井不需要，有大天大地，天庭已比天井大，在溪邊仰望夜空，如「鑲滿珍珠與鑽石的篝篆／那是無法丈量的豪宅與地界」，末段寫到後來有人再問起天井與天庭的事：

> 我篤定的說；我父親曾經扛起一口井
> 用走的走過中央山脈，雨一直跟著走過去
> 而我能扛起一棟大樓的天井，和一個天庭
> 當夜深了，我的筆還像父親的鋤頭一樣
> 像挖著一口井一樣的挖著靈魂的出口

此段寫自己志業比父親扛井到臺東的能力還強，即使父親從來不認同自己，認為農人像吊絲蟲一樣，逃不過命運的捉弄。另首詩〈吊絲蟲〉末二句即寫父子理念的巨大差異：

> 我走到了中年，一步一手搖，還要寫詩寫下去
> 菜蟲菜腳死（啊，業力）父親說；寫什麼詩，也一樣

「一步一手搖」本來是噴農藥的動作，要殺的對象就是頑強、繁殖率快速的吊絲蟲。本來父親要他認命：「什麼鳥仔，吃什麼蟲」、「什麼人，吃什麼飯」、「菜蟲菜腳死，做牛拖犁拖到死」，但詹澈不認同，他要「挖著一口井一樣的挖著靈魂的出口」，他就是認定「用一首詩能扛起一口天井」！詹澈一路走來，果然証明了：寫了詩就會不一樣！

其實此詩集中也有不那麼對抗、矛盾、掙扎的詩作，如寫與

大陸詩人妻子〈一個下午的三種和音〉混搭兩岸菜色的有趣家居生活，如兩人〈扛著曬衣竿〉走在馬路上的景象：

> 我們一前一後扛著曬衣竿，如果掛上一張紅布毯
> 彷彿迎神隊伍的前導，車的喇叭聲如鑼鼓翹鈸
> 如果掛上一塊大白布，又像送喪的跟班，嗩吶哀亢
> 但如果我們已大概了悟生與死的中間，那一段
> 彷彿這曬衣竿的距離，我們以詩人的肩膀扛著

又說若用曬衣竿撐竿跳跳過去山的那一邊，就是父母耕種過和擺骨灰罈的故鄉。但此自時偏偏仍走在現狀中：

> 竹竿尾有時會甩打到牆角，電線竿或車燈
> 例如一次次轉變多拐的生活，我們以詩人的肩膀扛著
> 彷彿扛著唐吉柯德的長矛，路上的霓虹燈如風車旋轉

詩中既有現實、又有回憶、想像和生死如竿的距離之思索，寫來運思自如又自在，將此詩體發揮得相當淋漓盡致。

詹澈此集將五五詩體作了形式整齊一致、生命歷練曲折豐富的集中呈現。即使過去從未有詩人強調過如此形式，而且詩中長句不少、敘事性強時詞語偶或難免散文傾向，但卻篇篇取材生活、貼近生活，尋常人事物均可入詩，又能在不同時空中自由縱跳出入，避免了過度沾粘而平淡化。如此即增值了其未來加以深化、推廣的可行性，實值吾人及後起者多予注目，並繼續實驗此五五詩體形式，說不定未來此詩體能扛起天井或天庭的高度，會出乎大家意料之外。

半半樓主的跨界行
——《吉羊‧真心‧祝福——林煥彰詩畫集》序

他半半哲學所成就的，在此界與彼界跨來跨去，永不被固定

「半半樓主」林煥彰，是什麼都只要一半的詩人，一半的幸福
一半的辛苦，一半的喜一半的哀。過去，在他還沒成為詩人以前，
他的人生有一半是活在泥淖和陰暗中的。後來，他拿一輩子的一半
時間寫成人詩，一半時間為兒童寫詩；現在，他一半時間待在家
裡，一半時間出外或出國演講、旅行、拍照、訪友、順便在路上找
靈感。如今，他的心總是一半懸在家裡，一半懸在世界各地詩友、
尤其東南亞各國；尤其泰國「小詩磨坊」的眾詩友身上。

他是移動的跨幅極大的詩人，像是左腳才踩在白天、下一秒右
腳已踩進黑夜，明明左手方摸著太極圖黑漆的陰、右手已探進太極
圖中亮白的陽，今天他還在臺灣，明天他可能到了英國準備流浪。
其實，他左一半右一半的腳步，是再自然不過的，像人同時擁有左
腦和右腦的不同天性和內涵一樣，本來就會在左腦右腦間快速地進
進出出，尤其是創造力豐沛的人；唯有這樣，才能不斷釋放出能
量。但大多數人因害怕變化、害怕右腦的夢太強勢、妨礙了白天的
生活，就會常固守規矩的左腦，乖乖地過完一生。

年過七旬的林煥彰，卻仍十足像個年輕小夥子，畫畫、攝影、

寫詩，頻繁地進出左右腦，抱著平板上臉書、寫稿，仍不知老之將至。朋友中，他是最能順著左一半右一半、詩一半畫一半的天性而動的，多年下來，才能在其間轉動出一番志業來。因此在林煥彰身上，有一半是大人一半是小孩，「天真度」也比一般成年人至少多了一半；這「天真度」包括：充滿了遊戲心、不安份、動個不停、容易大驚小怪、與人互動頻繁，因此也不想長大。這本詩畫集，詩一半畫一半，展現的正十足是他的這種半半精神。

多年來，他在東南亞詩友圈鼓倡六行（含以內）小詩，出版十多本《小詩磨坊》，卓然有成，比如此詩畫集第一首〈晚安・祝福〉，即是六行小詩，但形式甚為特殊，其內容乍看宛如一首典型十行的小詩：

> 晚安。一個人；
>
> 一個人，
> 在心上；
>
> 孤寂的旅程，
> 繁星滿天——
>
> 祝福。

此詩形式是一二二一分四段，這是六行詩中較少見的，卻充滿了故事性和懸疑，很像一封情書；頭一行像是對某人道「晚安」，告訴對方自己現在是「一個人」，即是告之目前所處狀態。可是卻

有「一個人，在心上」，這是一種表白，說某人你，我永置於心中，無時或忘；但眼前獨處，不得相見，雖是「孤寂的旅程」，卻有「繁星滿天——」相伴，有如所見皆是你的眼神；此處「——」有一切不必多說，盡在不言中之意。最末以「祝福」兩字結尾，完成問候及想念。

此情書僅二十二字，卻動用了八個標點符號，逗點、分號、句號各兩個，破折號也占了兩格，加上分成四段，顯然均有意使讀者不要閱讀得太快。當然，前面第一段「一個人」與第二段的「一個人」，很可能皆指向「你」，卻也可分頭指「我」及「你」，如此方能造成歧義，增加詩的豐富性，因此一二兩段分段是必要的。

相似此六行詩分段形式的，還有另一首七行詩〈分離·祝福〉：

分離。兩朵雲；

在空中飄浮，即使有機會融合
在一起；有風，終究還是會
分離——

分離的雲，也已不再是原來的
兩朵；兩朵，飄浮離去的雲

祝福。

此詩一樣分四段，語意上若將「分離——」併入上一行，則等於一首六行詩。首行是宣告結果，就是「分離」，「兩朵雲」即使

「有機會融合」、「在一起」，但因難免或不能阻止「有風」，所以「終究還是會／分離——」。也就是主觀上的意願（融合、在一起）會因客觀環境的限制或阻撓（有風），難以完成心願。但即使如此，「分離的雲」就「不再是原來的兩朵」，收穫是相互融合過後，彼此分給了對方自己的一部份。又此詩若與「曾經有過，就把它放在心上／看不見，卻永遠擁有。」（〈知足‧祝福〉）、「她是空中的鳥，自由來去；／她是天上的星，可望不可及；／／一生都在想，未必一生都擁有」（〈幸福‧祝福〉）等詩參看，或可略窺得林氏的情感觀。

　　此詩與徐志摩著名的〈偶然〉一詩不同，徐詩第一段是「我是天空裡的一片雲，／偶爾投影在你的波心——／你不必訝異，／更無須歡喜——／在轉瞬間消滅了蹤影。」其中「一片雲」在天空，「波心」未明指，可能是大湖是小潭或是池塘乃至只是虛指「心湖」，但到第二段卻說是「你我相逢在黑夜的海上／你有你的，我有我的，方向；／你記得也好，／最好你忘掉，／在這交會時互放的光亮！」既然「相逢在黑夜的海上」，因此徐氏的「波心」就更不明確，意象前後並不統一，可能兩人就是偶然交會在大時代的某一時刻罷了，彼此「互放光亮」一番即是最佳狀態。而林煥彰的意象則是前後統一的，「兩朵，飄浮離去的雲」是最末的景象，各自「飄浮離去」是命定的，只能偶然互融交會，但「分離的雲，也已不再是原來的兩朵」，因此是彼此完成了一種生命儀式，此儀式比起徐詩更進一步，不單是「互放光亮」，而是遇到前與遇到後，整個身心靈均有難以想像的轉變，此後之我再也不是過去之我，因此就很難「你記得也好，／最好你忘掉」那麼灑脫或偽裝灑脫，反而因既然我中有你、你中有我，此後就不那麼悲觀或悲劇了，甚至

應該是歡喜或視為人世喜劇才對，於是彼此各予對方深深的「祝福」，也就順理成章了。徐詩顯然以音調鏗鏘、瀟灑自然取勝，但林氏有完善的意象、超脫的生命觀，比起徐氏就更有人生的哲思、格局不同的意境了。

此集中另有一首深富生命哲理的〈木箱‧祝福〉，頗能看出林煥彰藉淺白的語句企圖經營出詩的另一番景象：

> 木箱。古老的世界；
>
> 打開一口，
> 祖父年代的木箱；
> 打開一片黑暗。
>
> 打開一片黑暗，
> 我跳進去；
> 走入未來，
> 也走進古代。
>
> 在黑暗的木箱中，
> 現在的我，
> 永遠不見了！
>
> 祝福。

現實中再古老的「木箱」，也只是一口年代久遠、充滿斑駁

痕跡的箱子，林煥彰卻說那是「古老的世界」、即使只是「祖父年代的木箱」，卻是「一片黑暗」，宛如打開也不知其內涵物的黑盒子，令人摸不著頭緒。三、四段是林氏的疑惑和想像，如果他「跳進去」那黑暗中，即是「走入未來，／也走進古代。」這可讓讀者開始傷腦筋了，何以祖父年代（不過是日據初期或中期、或清末民初）會就與「未來」和「古代」有關？關鍵可能在「黑暗」兩字，與未知、死亡、或難以明白的陰間世界、或一切的不可知都有關。因此，當我也隨祖父而去，則也不過是林氏家譜中的一個名字罷了，那麼「黑暗的木箱」與祖先的牌位也沒什麼不同，如此：

在黑暗的木箱中，
現在的我，
永遠不見了！

　　人再度成為時間潮流中的一起小波小瀾，豈不是非常自然？再大可見的「木箱」本該有收容物，裡面卻是「一片黑暗」，一口木箱卻可消化掉一切，可見的最後化為不可見，可見的比起不可見的末了皆微不足道；此詩呈現的既是林氏的生命觀、也是死亡觀，甚至是宇宙觀。

　　此集中另有一些詩段，也甚可思索或具戲劇性，如：

上山的影子，走在前面
我丈量它，也丈量自己
──入秋的心境。

（〈影子・祝福〉）

想她。去哪裡？

去郵局，去圖書館；還會常常想
什麼時候可以違背心意，繞道走一圈
中山北路，去某段轉角
轉角的伯朗咖啡，轉角的某段的心———

（〈想她·祝福〉）

婆娑之塔，在安然高大的松林樹下
任秋風穿越，任時空空著

（〈婆娑塔·祝福〉）

友誼像芝麻粉，
任何湯菜，我都加上它———

（〈芝麻粉·祝福〉）

滿樹金黃的銀杏葉，會突然
和那陣冷風吵吵鬧鬧，
一下就掉光所有的葉子！

（〈銀杏·祝福〉）

路上，每輛經過的車
都為窗外寶藍色的海的
百褶裙，繡出一條

波斯菊盛開的花邊，緩慢下來
歡呼驚叫——

我也在車上，也成為一名
不安分的
騷客；一直要把頭和手
伸出去！午安

祝福。

（〈波斯菊‧祝福〉）

「丈量自己／──入秋的心境」、「轉角的某段的心」、「一
下就掉光所有的葉子」、「繡出一條／波斯菊盛開的花邊」等，均
清新可喜、意在言外，令人生出無窮想像。以上這些詩例，大致可
以呼應他一向堅定的詩觀：

> 我以為現代詩所予人的晦澀之感，應該在我們這一代消除，
> 但我無意把詩弄得平淡，也許我面臨的是一個挑戰──面對
> 最平常的事物，要表現至真的情懷；無論如何困難，但願有
> 所改變。

這樣的努力不只他一人，很多人都戮力實踐，但臨老不懈、堅
持迄今仍頻頻出招如林氏者並不多見。「面對最平常的事物」即如
前舉「兩朵雲」、「木箱」等事物，展現的卻是出人意表的詩境或
格局。這樣的效果也一如他的名作：

先關門，再走出去／／禪或夢或日本俳句／都這樣鼓勵我

（〈無師〉）

鳥，飛過──／天空／／還在。

（〈空〉）

等詩，皆從小處著眼（門／鳥），大處著手（生命困境／生存時空），卻令人印象深刻。至於他的畫自有其樸拙、天真、簡練、自然如童畫或素人畫家的特殊效果，同一羊卻可百態千姿、隨手即得，觀賞後令人手癢，無不躍躍欲試。

他是自庶民百姓、紮實的土地上生長起來的詩人和畫家，「一半時間當工人，一半時間當文人」，從未使詩和畫離開現實和生活，卻能有所超脫、帶領讀者進入如孩童遊戲的、無污染的世界，卻又自有其不俗甚至富有哲思的生命觀和世界觀，這是他獨家的「半半哲學」所成就的，在這一半與那一半之間、在此界與彼界間不安地跨來跨去，永不被固定，或也是他熱中藏冷、冷中藏熱的生命本體所導致。至於他的詩與畫如何能源源不絕，其實況或竟是面對一口「木箱」，面對一片未知和黑漆，豈能輕易探究？

遍地小詩閃著醒來
——讀王勇閃小詩集《日常詩是道》

五絕：靈光閃現／借題發揮／哲思禪悟／興詩問道／舉一反三

　　小詩在漢語新詩百年史中始終不是站在主流的位置，絕大多數的詩人都不曾認真看待此一詩的形式，雖偶獲小詩，也多未重視，還寧可叫它做短詩乃至漢俳，小詩乃成了他們不曾正眼瞧過、可有可無的名詞。不論在兩岸四地、東南亞華文詩界經常舉辦各式正式的大規模學術研討會，但集中於小詩的，竟不曾有過一個。

　　直到近年，各種因緣紛紛聚集，小詩彷彿才稍稍撥雲見微光，逐漸有了一點點能見度。這其間，臺灣林煥彰2003年帶頭的六行詩（70字內）、泰國曾心等人堅持十年的「小詩磨坊」（2006~）、菲律賓王勇命名的「閃小詩」（六行50字內）、大陸網路的「微型詩」（三行以下）、臺灣詩學季刊聯合六刊物推動的「2014鼓動小詩風潮」、北京小說家蔣一談去年底提出四行以下的「截句」一詞及2016年6月一口氣主編出版的十九本「截句詩叢」（包括於堅、西川、歐陽江河、臧棣……等），都陸續為「走向小詩天下」的可能性掃掉了一點疑慮和雲霧，雖然離這樣的目標仍極遙遠。

　　而菲律賓的王勇在六行內「閃小詩」的超大量創作實驗（一日常可多達十首）、逐步建構的美學主張、在網路上四處煽風點火

提倡此一新名詞的亮點、甚至召開自己閃小詩作品的網路研討會（2013），這種熱情和舉動，在新詩界甚為罕見。王勇於小詩（不論用什麼名稱）此一形式的「著魔」程度、使力之深，竟有後來居上的架勢，不久的將來，極有可能跑到最前頭，成為小詩的「創作量冠軍」，而其詩質又甚有可觀，未來關於東南亞各國小詩的研究，將很難跳過王勇。

過去關於小詩的行數主張，其實像在幫新詩此一文體量身訂定體重、身高、乃至製作合宜服飾，自然各說各話。在臺灣是從羅青的16行（1979）、後來向陽（1984）及張默（1987）的10行、陳黎的3行俳句（1993）、筆者的10行或百字內（1997）、洛夫的12行（1998）、岩上的8行（1997），到林煥彰的6行（2003）、瓦歷斯諾幹的2行（2011），後來對小詩的定義大多皆以10行內為準。如今已堅持十年的泰國小詩磨坊和近五年戮力小詩創作的菲律賓詩人王勇，則承接林煥彰的主張，均以六行為上限，要求字數卻有不同，林氏70字，王氏50字，可說將臺灣對小詩的主張打了六折（行數）或對折（字數），朝向王勇所說「以戒為師」的極簡主義靠攏，實為華文詩壇更走近讀者加了一把勁，誠然一美事也。

而王勇另以「閃小詩」命名他主張的50字六行詩，雖沿用「閃小說」一詞而來，卻給了小詩的舊臉孔有了一嶄新的髮型，的確是一亮點。而對岸大陸小說家蔣一談主張四行內的「截句」一詞近一年可說橫空殺出，則給了小詩一頂華美的高帽子，離庶民百姓的眼光就更近了一些。蔣氏避談小詩，只談截句與李小龍「截拳道」、漢俳、短詩的因緣和關聯，在大陸詩壇引發熱議和回響。即使不提小詩二字又何妨，截句的熱炒，對小詩的未來絕對有正面的助益，也給了非長詩不為的諸多重量級詩人極大的警惕。

也可以說，未來新詩形式如果走向小詩的趨勢不變，則它的身高、體重、服飾、髮型、帽子要怎麼訂定、要給什麼名稱、起了多少稱號，並無妨，而且名稱越響亮、越醒人耳目越好，王勇的閃小詩及蔣一談的截句二稱呼，短截有力，大概是近年最富新意的小詩名號和旗幟，使小詩在未來進入主流詩人視域的機率大增，功勞不可小覷。最主要的還在於兩人均能身體力行、呼朋引伴共同實踐，透過大量創作的發表引發注目和討論，如此打鐵趁熱、炒高小詩的聚集漩渦，正是擴張小詩運動影響力的極佳策略。當然若能配合小詩短小精悍，易與繪畫、音樂、動漫、網路、書法、茶具、門聯、屏風、床枕、衣飾、家用器具……等結合的特點，戮力舉辦小詩跨領域文創展、小詩攝影展、微電影小詩展、小詩書法展、小詩篆刻展、小詩繪畫展、小詩造形藝術展、小詩歌曲展……等等一系列有益小詩能見度、與尋常庶民易生互動的各色競賽、展覽和演示，若再能加上各種小詩獎的舉辦和擴大徵稿、小詩學術研討會的加持等等，則「小詩主流化」之事可成矣。至於這些活動的前頭要冠上「閃小詩」或「截句」、乃至「俳句」或「微型詩」的名稱，均是美事一樁，均應樂觀其成。未來王勇要將「閃小詩」此一旗幟舉高、發揚光大，或可朝此跨界結合、全方位化創作、跨地域推動、連結各方共同參與、樂見閃小詩也是小詩一環的方向思索，則「閃小詩」獲得全面認同之日亦不遠矣。

　　如今王勇正處於小詩創作巔峰，小詩集連發五冊，幾乎日日有詩，半年即可完成一集，令人欣羨。最主要所思所寫不離生活，舉凡洗臉、刷牙、停水、停電、掏耳屎、衣架、馬桶、拔牙、蚊子、白內障、煙鬥、砧板、橡皮筋、牆、門……等等五官所目所觸所嗅所味所聞之尋常事物，無不可入詩，雖未必首首中的，卻常有令人

驚豔之作。如此創作量再持續個幾年，絕對大有作為。

　　何況他為了堅持「以戒為師」，深入思索何以是六行五十字，陸續撰文思索其因，並鼓勵同儕後輩共同參與，樂將領悟體會與人分享，甚是難得。比如他說：「極簡生活的表達特徵是：多用名詞、動詞，少用形容詞、副詞。其實，這也即是『閃小詩』的絕殺之技」。又說：「用六行內的『閃小詩』記錄生活瞬息萬變的時空狀變與生命感悟，用了五手絕招：靈光閃現、借題發揮、哲思禪悟、興詩問道、舉一反三」。其中「興詩問道」是擬以「興師動眾之勢」、「造成群詩壓境的力量」。而「舉一反三」則是「在庸常生活司空見慣的平凡之處，一再發現不同的奇妙轉折」。此等思維，皆有新意，也皆與他可在不同時間對同一題材反覆思索的能力和耐心有關，以不同角度一再切入，必欲將之榨盡寫盡不可，這也是他何以〈故鄉〉可以連寫十一首（其中「之一」在別的小詩集）、〈噴嚏〉、〈橡皮擦〉、〈摩天樓〉、〈曬衣繩〉、甚至夏宇的詩題〈甜密的復仇〉等都可以寫出之一之二之三、到下本詩集還可能跑出之四之五之六之七，他勇於自我挑戰、勤墾詩土的精神著實可佩。

　　而上述「五手絕招」中他最在意「借題發揮」一法，也是他閃小詩的極大特色，他說：

　　　　我對閃小詩最看重，也是最具特色的不是靈光閃現或哲思禪性，而是「借題發揮」，順勢而為。……詩題出現的文字會儘量不再詩中重複出現，除非有特別作用或不可避免。而我的閃小詩又以擬人化的詠物為主，做到把生活中、身邊的大小物品皆可提煉成為詩的題材，聯想出完全出乎詩題的內容

與寓意。這也才是平凡題材百書不厭的秘訣。

「聯想出完全出乎詩題的內容與寓意」，何其不易，而他以擬人化的詠物手法其實已相當得心應手，比如之前寫的〈路燈〉：「落日被大海／一口吞下肚／／夜趕緊蹲下來／掏出口袋裡的星星／掛在燈柱上」。鮮活生動，赤真而具童趣。到了寫〈手電筒〉一詩：「革命的槍聲響自／天邊，一道道閃電／穿過夜色冒雨奔襲／／你卻在黎明到來前／慷慨就義」，就「聯想出完全出乎詩題的內容與寓意」，而且具有描寫異議份子或革命者抵抗黑暗時代、效法小小手電筒精神、在黎明前身先士卒、奮身慷慷慨就義，詩內容借「閃電」的光、「黎明」前的暗黑與手電筒聯想，又有引伸的歧義，詩意乃更飽滿而豐富。

到了這本閃小詩集，這方面的比較可得到更多印證，比如下列這首〈故鄉〉（之七）採用的是比喻卻更像擬物的手法：

　　爺爺的背像弓

　　一撐起腰

　　就把我射出去

　　射向他天天張望的

　　遠方

雖未完全出乎詩題的內容與寓意，但一方面寫了爺爺的老態（背像弓）、欲振作回鄉（撐起腰）、卻又不能，乃將盼望寄託孫輩（把我射出去），以了遂心願（天天張望）。相當傳神而具戲劇張力。但到了〈煙囪〉一詩則寓意甚深，像在記敘一個故事：

雲霧中
那人的嘴角
總蕩漾著櫓聲

千帆閱盡
夜色裡，遠方
有人又在點火

　　不寫「嘴角」抽煙鬥咕嚕著口水聲，而是「總蕩漾著櫓聲」，就完全出乎詩題的內容，而有了其他的寓意，彷彿若有所思狀。「千帆閱盡」四字使得櫓聲有了故事性，宛如經歷滄桑波折，此刻正感嘆回憶，閱盡千帆也僅櫓聲最近、最聽得明白，其餘盡是過眼雲煙。末兩句「夜色裡，遠方／有人又在點火」的「點火」本是點煙鬥，此處或指：雖知滄桑波折後並無所獲，卻仍有新人要點火開船才要上路。有一代新人換舊人，世界依然如故旋轉之寓意。

　　另一例証是〈拇指〉一詩：

矮矮的
毫不起眼

挺起來
便掌聲雷動
按下去
便人頭落地

大拇指向上伸或向下比，在不同國家意義並不同。當姿勢向上，有誇獎、贊許、像個男人、祈禱幸運、攔路搭車等迥異涵意。向下比則意味著向下、不能接受、輸了、死了、運氣差乃至譏笑和嘲諷之意。此處比較接近古羅馬競技場生死格鬥的規則，當受傷者倒下，臺上的決策者站起來，對敗者的命運做最後的決定，當他的拇指朝上，敗者僥活；拇指朝下，敗者當場賜死。此詩前四句承接此意，並將姆指擬人化，首二句指領導人常身材短肥，三四句挺直身體代表姆指向上比，又有領導人稍有動作，人民即「掌聲雷動」。末二句則回復姆指動作，像按下關鍵按鈕、或下令殺無赦，有權威不能撼動之意。短短23字，即意有所指，直批極權獨裁者不人道的行徑。

　　與批判政治相關的還有〈鐮刀〉一詩：

　　　瘋長的草民
　　　被野火點燃
　　　夢中的狂熱

　　　紛紛奔跑下山
　　　尚來不及吶喊
　　　便革走了賤命

　　說的是被野心家或政客或掌權者操弄的庶民百姓，常為虛無大夢的主義和口沫橫
　　飛的說帖所迷惑，像「被野火點燃」、陷入人數「瘋長」的全

民運動中，「夢中
的狂熱」紛紛齊湧，末了還未輪到開口說出自己所欲，即「便
革走了賤命」。這
是自古迄今多少改朝換代，苦了百姓、肥了領袖常見的循環。
最後再比較一下這本詩集的〈老門〉與〈老牆〉兩首詩：

〈老門〉

不服老都不行
一推，就得靠牆喘息
渾身的骨架像要散掉

只能眼巴巴
看著風，跑進門內
還沒長出門牙的頑童嘴裡

〈老牆〉

老朽了，沒用了
沒料到掛上古蹟的
勳章，一下子
成了英雄

曾經，我擋在時間的槍口

掩護主力部隊進攻

　　此二詩前段均以擬人方式寫實，後段則一大轉折，〈老門〉說「眼巴巴／看著風，跑進門內／還沒長出門牙的頑童嘴裡」，有老朽不如乳臭未乾的遺憾。〈老牆〉「掛上古蹟的勳章」是老牆歷史重被挖掘，其原因寫在後段：「曾經，我擋在時間的槍口／掩護主力部隊進攻」，兩句點到為止，卻有畫龍點睛及意猶未盡的雙重效果，二詩的「老」均重新注目時間，意味卻完全不同。

　　從上舉王勇的閃小詩例，即可見出，王勇是來勢洶洶的，不是玩票性質的，是備好糧車準備遠行的，他光在小詩的轉化（擬人或擬物）的用力、在「借題發揮」此一絕技施展「聯想出完全出乎詩題的內容與寓意」，其威力就猛烈而狂暴，往往可勝過十行小詩、更至更長的二三十行短詩，將小詩的可能性向前推展了一大步，未來的漢語「小詩史」將很難繞過王勇。

　　他有一首閃小詩〈桌燈〉，說：「探照著牢牆／不讓文字越獄／／摒息開關／讓文字摸索爬行／／晨曦扣窗／遍地詩行跟著醒來」，前四行是形容他「以戒為師」、守住六行五十字內的極簡風格、謹慎面對詩與文字的寫作態度，後二行說用功一深、詩行自動無處不在，說的是詩必經瓶頸困頓然後終可豁然開朗的過程，正可提欲寫閃小詩者借境。過去漢語詩壇老彈「小詩易寫難工」的舊調，卻又未正眼看待「難工」該如何著手突破，王勇的閃小詩例和美學主張正提供了絕佳示範。如今泰國「小詩磨坊」、大陸「微型詩」及「截句」、菲華「閃小詩」的出現和發揚，實已到了重新深思「小詩成為新詩主流」、讓「遍地小詩閃著醒來」的重要路口。

　　如果有志小詩者聚眾日多，王勇又能舉「閃小詩」旗幟，自

菲律賓華語詩壇出發，號召更多同好小詩者，反攻兩岸四地及東南亞，何妨就由舉辦高額獎勵的「閃小詩獎」開其端，請名家評選、撰文評論，待參與者眾，再擴及閃小詩跨領域兼及音樂繪畫茶具書法……等的展演，如此堅持若干時日，寫閃小詩者必日益擴增，則「閃小詩運動」成矣，王勇必然居功首指。再加上王勇自身的高質又大量的創作，所有漢語詩壇必然不能不對菲華詩人正眼相視。筆者深深期待著此一時刻的早日到來。

悠遊與抵抗
──序落蒂詩集《風吹沙》

> 詩就是在風吹沙當中仍能獲得自由呼吸的方式

詩是與日常語言若即若離的，既不完全脫之而去，也不全然沾粘其上。詩與生活關係亦然，既要「走進去」踏實渡過每分每秒，又要能「走出去」回身反思過往日子隱微的細節和感受。因此詩人常在「裡面」與「外面」的兩頭來往奔馳，且易有「越走出去」就「越走進去」的欣然感。如此原先待在原地的焦慮和禁錮感，才有機會獲得減輕或解除。

落蒂在詩之國土上浸淫久矣，近乎半世紀，起初，詩是他的LSD、迷魂藥和百憂解。而且「永遠沒有止息的一刻」、既可「日夜吟詠而忘記一切的苦痛」、又讓他的生命「像一條蜿蜒曲折的長河，日夜奔流」、如隨時「揚帆待發的船舶，不怕濃霧迷航」。那時讀詩、寫詩、評詩對他而言是愉悅的、欣喜的、對摸索詩之堂奧是嚮往的，是業餘性、教學性多於志業性的。

2000年他自教職退休後，才真正「專事寫作」，全心栽入詩中。這才體會到詩界早已高人能人多矣，詩業一朝鑽進，易生影響的焦慮。「走進去」反而讓他有「走不進去」之感，他不能在焦慮中渡過，他要抵抗這種焦慮，他要回返初見詩的欣喜和香味，他要

找到遇詩之初衷。他開始透過「身體走出去」的方式，讓自身遠離焦慮之邊緣，他先是全省走透透，再是大陸走透透、最後希望世界走透透。因此其近年的詩，均是他認真行腳，所見所聞所觸所想的結果。

落蒂使用語言時是純樸、平實、不炫技的，又自有淡淡的、耐人尋探的滋味。即使他較早貼已的、抒情性較濃的詩作亦值一探，比如2005學年大學入學指考國文科的考題選擇題第七題，即以他的一首短詩作為題目：

閱讀下列現代詩後作答：「打開自己珍藏的詩稿　發現只有無題詩三首／一首我拿起來　一口一口吃下／一首拿給妻為冬日的生活點火／另一首　我想，只有寄給你」（落蒂〈淒涼〉）有關本詩，解讀不當的選項是：

（A）「自己珍藏的詩稿」，指的是詩人自己所寫的詩作

（B）「一首我拿起來　一口一口吃下」，意指詩人稱許此詩充滿滋味，耐人咀嚼

（C）「一首拿給妻　為冬日的生活點火」，意指詩人有時亦不得不為應付現實生活而低頭

（D）「另一首　我想，只有寄給你」，在「我想」之後特別加一逗點，音節略有停頓，更可見下句的「你」應是詩人心目中極重要的一個人

原詩分四段，每段二行，考題同段用空格並未加分行號。詩中所提的三首詩顯然是三種內容或形式不同且均未正式命名的詩。第一首寫自己欣賞卻無法或不欲發表的詩，並未說究竟是詩好或不

好，雖自己「珍藏」卻不願示人，與「耐人咀嚼」的「人」（指他人）無關，因此詩題的答案應是（B）。第二首則寫可以發表，是為了投稿或參賽以幫助家用的詩（且似乎本領僅止於寫詩）；第三首是寫給只有特定對象如「只有」你才能了解、欣賞的詩，詩至此嘎然停止，令人稍感突兀又值回味再三。如此題目的「淒涼」既與第一首必須無奈地「一口一口吃下」有關，也略與第二首成了微不足道的「生產工具」有關，更與第三首的「我想，只有寄給你」、事實上卻可能寄不出去、只能暫時停留在「我想」而還不能或不宜付諸行動亦有關聯（或因已婚），如此寫詩的發表或傾訴對象並未通暢、不盡如己意，尤其是第三首的寄不出去的景況，自是淒涼情境。到了2011年又有南部某國中就此詩命題時改了問題方向：

作者題目所謂的「淒涼」意思為何？（A）感嘆懷才不遇（B）常受妻子埋怨（C）擔憂時局動盪不安（D）與友分別之愁。

則按前述討論，自是答案（D）最為適宜。如此婚姻本來是錢鍾書所謂再也「走不出去」之「圍城」，既是安全的，又是難以翻滾自身的。旅行則和詩創作的表現一樣，成了他可以「走出去」的唯二方式。怪不得他的上一本詩集要叫《詩的旅行》，既是藉旅行獲取詩意、想詩、得詩，也是走出「圍城」暫時「悠遊」而去，藉身體和心靈的短暫「走向外面」，以之「抵抗」長期受困在「裡面」不能盡如人意「表達所欲表達」的「淒涼」感。

他的〈北埔行‧洗衣婦〉一詩多少是上述「淒涼」感的延續：「你儘管用力／死命的搓揉／並且把我翻過來／再三捶打／那種痛

／是我亮麗的明天」，本詩中的「你」之意指可涉多重，可以是「洗衣婦」也可是「婚姻」是「圍城」是「農村社會」是「國家機器」是無所不在的監控系統也是古老的教育方式或只是困境所在，而「我」自然是「衣」是可被「死命的搓揉」可被「翻過來」可被「再三捶打」的身心或靈，但「那種痛／是我亮麗的明天」，如此能有「亮麗的明天」還得拜「搓揉」「捶打」之賜，拜「圍城」在「裡面」之賜。

也可說，沒有「裡面」也就沒有「外面」，有「外面」才能更接近更明白「裡面」，乃至真正的「裡面」不是受控的那部份，說不定是很難確切描述的「謎」、或「無」。唯有在此追索之間出入自由，或根本無法被拘束，則痛感消失，所謂亮不亮麗也就沒有那重要了。

外表比實際年齡年輕一、二十的落蒂，愈到晚近愈看得明白，明白「把一切捏在掌中」的常只是少數寡頭、掌握發言權之人，因此抵抗之道就是揭發之、拆穿之乃至跳出其掌控、不隨之起舞。比如2012年〈把一切捏在掌中〉中間二小節：

　　　一枝筆可以攻下一個城池
　　　一張嘴可以攻下一個強國
　　　當怪手挖去心中那一塊肉
　　　連千年長城也失守

　　　拔掉那落日下的大旗
　　　忘掉那蕭蕭的馬鳴
　　　讓各色的旗幟

在大街小巷內肉搏

在無遠弗屆的頻道飄揚

　　此詩應是對名嘴聳眾或媒體治國的反擊，尤其是「去中華文化」的憂心，「心中那一塊肉」指自己最在意之事。但不論大鄉土或小鄉土都只是或大或小的「圍城」，任何「裡面」待久了都想走向「外面」，最好沒有裡外之分。

　　他在《風吹沙》開卷的第一首詩〈山中的一盞燈〉就有不認為那「悠遊」之人最終必須「回家」，或者來自「圍城」者必須回到城內、或詩人必須聽從「一盞燈」的指引，或服膺於某種規則的安排。落蒂對以上說法皆想「抵抗」：

在濃霧中

在黃昏六七點時

是誰

總會在半山腰

掛上一盞燈

就是這一盞燈

讓迷失的遊子知道

位於山中的家

沒有把他遺忘

但是

有著這麼茂密森林的山谷

一盞燈

就能讓所有遊子回家嗎

山谷間

仍然再次升起一陣濃霧

那一盞燈

又在黃昏時亮起

而山路仍然寂寂

沒有人回到

這山中彎彎曲曲的小路

更沒有人回到

家

鄭愁予有名句：「是誰傳下這詩人的行業／黃昏裡掛起一盞燈」（〈野店〉），意謂詩人應有在黑暗時代為世人「掛起一盞燈」，指引路線或讓遊子或迷途之人暫可落腳的義務和胸襟。但落蒂此詩有針對此種看法加以「抵抗」之意，尤其指引迷途遊子回家這方面，亦即詩有教育功能或社會作用、或詩有萬世千秋、隱含可能因此不朽這一點，落蒂透過此詩明顯地予以嘲諷或否定。「一盞燈／就能讓所有遊子回家嗎」，這是直接的質疑，即使「升起一陣濃霧」，「那一盞燈」不放棄指引的功用「又在黃昏時亮起」，但「山路仍然寂寂」、「更沒有人回到家」，詩的指引作用到了這時代已不再重要，也受到了落蒂的強烈質疑乃至完全否定。

他在前此寫的〈海崖上〉已顯現「不服你管了」的叛逆性，此詩幽默地說：

坐在臨海的山崖上

海浪一波一波衝來

像萬卷迅速翻動的潔白經書

我把腳伸了下去

企圖接受海浪奔騰的洗禮

海浪說

你的腳

太短了

無法體會

那種透心的冰涼

我說

沒關係

你再用力點

不就可以

親吻到

我的足踝了

　　你不就我，我何必就你，即使你是「潔白經書」之海亦然，隱然有詩人就該有個性、不服從權威的特質。

　　這應該就是真實的落蒂了，心裡明白一切，當悠遊則悠遊，對別人眼中、握權者眼中、主流勢力眼中的必然可以飛過或掠過、或不輕就、或加以抵抗，因為宇宙是更大的謎和未知，那才是生命可以更豁達開朗、與之混同悠遊之處，其餘皆非必要。比如下列這些段落所顯示的：

　　沒什麼是已知

尤其是身後事
看著翻著
在靜定中
有種氛圍在醞釀著
我知道
那是一種瞬間的涉足
前進一步
即有頓悟

（〈謎〉一部份）

胸口還有些許餘溫
你就當我們是嬉戲
穿鑿或附會
或更深更徹底的看見
往後某個時刻
一定會逐漸清晰
且撥開所有的雲霧

（〈回悟〉一部份）

沒有暫停的小站
沒有過夜的村落
只有風的吼叫
只有蒼茫的大地

走不快的是我的腳步

算不準的是何時到達終點

（〈旅程〉一部份）

千古興衰湧聚心頭

閣樓兀自立在那兒

它不管外面的爭戰

它不管千古人事滄桑

一位孤獨的旅客

呆立樓頭

茫然望著

競翔的海鷗

（〈蓬萊閣〉一部份）

　　「在靜定中／有種氛圍在醞釀著」說的是「靜」和「定」後方知生命乃「瞬間的涉足」，工夫下得深「即有頓悟」。「更深更徹底的看見」指「撥開所有的雲霧」需要時間，急不得，只要「胸口還有些許餘溫」最重要。「走不快的是我的腳步」指資質非天縱，但知大地蒼茫一片，往前不知「何時到達終點」，但能向死而生，方不枉費此一人生旅程。「呆立樓頭／茫然望著／競翔的海鷗」說的是要學蓬萊閣樓，「不管外面的爭戰」、「不管千古人事滄桑」，即使眼前當下海鷗競翔又如何？這些詩段均有人生至此當放下，不必汲汲營營，靜定自身、有所了悟方是悠遊之道。

　　2014年他寫下本詩集的主題詩〈風吹沙〉，不改他前此寫的〈海崖上〉一詩的幽默語調，而且總是要讀到結尾才顯露出他的意圖：

一陣風吹來沙一直向前滾動

再一陣風吹來沙仍然再次向前滾動

一層層沙的波紋

彷彿我已皺得不成樣的皮膚

我站在沙前看著風不斷吹著

我看到一個個年輕的影子不斷出現

那不是頑皮的中學生

那不是害怕聯考的小子

怎麼一下子就變成退休的老頭

又一下子變成拄杖看海的老翁

風吹在我站在沙上的身軀

所有影像都要來重疊一起

把我壓入沙中被沙埋沒

抬頭看看即將下沉的落日

它會和我一起下沉嗎

　　詩分三段，首段寫當下，見層層「沙的波紋」彷彿「已皺得不成樣的皮膚」。由此引發第二段回想如何至此的過程，從「頑皮的中學生」到「害怕聯考的小子」到「退休的老頭」到「拄杖看海的老翁」，均藉風吹沙演變的經過快速閃現。最後一段是回想的「所有影像」與當下的我「重疊一起」，意欲聯合起來「把我壓入沙中被沙埋沒」，這是對死的恐懼和時不我與的無奈感。末二句是落蒂

式的「抵抗」：

> 抬頭看看即將下沉的落日
> 它會和我一起下沉嗎

　　「抬頭看看」表示對「被沙埋沒」猶有不甘，開始藉「下沉的落日」（幻覺的，是地球自轉並繞日的緣故）大哉問「它會和我一起下沉嗎」（實覺的），意思是一切終將歸於空無乃宇宙大化之必然。由此一瞬間領悟的「抵抗」，落蒂乃能隨時間「悠遊」而去，不再有憾。

　　時間如風，生命如石如沙如灰如塵在風中翻滾，最後了無痕跡，其由有化無的過程層層密密，恍無間隙，詩就是製造間隙、擴大間隙，讓時間有停頓休止喘息的空間，詩就是在風吹沙當中仍能獲得自由呼吸的方式，像從沙堆中伸出一芽綠，企圖改變沙痕和風向，即使終歸於無。

　　在落蒂的這本詩集中，我們讀到了他作為一位詩人孤寂、行腳、和偶而慢下來沉思如何抵抗周遭一切大大小小被規定被馴化的「圍城」，他藉詩創作和旅行不斷悠遊自身，有如在時空變革的風吹沙中、在土褐色的荒漠中拼命伸出一芽綠的努力，即使是「瞬間的涉足」亦無妨。這樣的詩作既是完成了他自身，也為讀者打開了一窗窗值得深思探看的視野。

叫時間留步的詩人
——曾廣健詩集《擁抱陽光》序

　　詩就是他叫時間留步的方式、讓歲月緩慢下來的欄杆

　　詩是語言之花，是沉默的靈魂巡行生活各種經驗時偶然驚喜的張口。一朝當人找到詩之門，並獲得這種由日常語言逃逸的能力後，會有很長一段時間時不時就想品嚐一下這種「言癮」——語言之癮，像「煙癮」一樣，不少人會越陷越深，最後詩彷彿成了「語言的鴉片」。而這個「鴉片」是自己一邊在腦中反覆篩選製造、一面在紙上螢幕上種下，又一邊用眼睛吞下、回頭再溶入腦神經中自我痲痺頻呼過癮。這樣以語言與經驗往復拔河，卻是一項內在自我戲耍、有時喃喃近乎歇斯底里的過程，很難用言語表達，只有被寫下的詩才能隱約透露其中奧妙。

　　詩人製作寫下的「語言鴉片」，對願意「服用」的讀者而言，其「效用」既視該「鴉片」的等級而定，也與讀者內在的「體質」有關。但「鴉片」本身的質量仍佔首位，一個詩人最重要的是一生中有沒有製作出幾首等級特高的「語言鴉片」，而不是生產了多少本品質泛泛的一般詩作。因此當2015年越南的年輕詩人曾廣健寫下一首懷親詩〈懷念先父〉時，看似他個人切膚之痛的經歷，其背後發射出的能量卻是可被他人親切地接收、感同身受的，最後終能撫

慰諸多心靈受過相似傷痛的讀者：

山
倒
了
把痛壓得天邊吐了一場火

心　被焚過後
只有一撮灰
撥開灰燼我看見一滴淚
漣漣遊過夢中
在記憶的湖面倒映
這座山

這座山
依然聳立於湖心
湖水盪開微笑
親切向我

不過
這麼近　那麼遠

　　詩中的「山」當然指的是父親，父親如山傾崩倒了，其造成
的心傷可想而知。但最後都會焚化於一場火葬中、剩下一堆骨灰。
「把痛壓得天邊吐了一場火」是此詩最具創意的語句，兒女心傷的

「痛」不好說，就說這個「痛」是被倒下的父親（山）「壓」到的，此「痛」必須將父親後事辦完、喪禮結束後才略能劃下句點，因此直到「天邊吐了一場火」（火葬），父親遺體成了「灰」，「痛」才稍稍「吐」完，但也有「痛」在火葬中燒得更痛之意。因此第二段說「心　被焚過後／只有一撮灰」，此承上段「痛」「吐了一場火」而來，不寫父親遺體之「痛」和成了「灰」，反而側寫是為兒女同被焚心成灰，歧義乃豐。

其下一轉，由傷痛轉境，「撥開灰燼我看見一滴淚／漣漣遊過夢中」，很超現實、但夢中卻可能實現，由此使讀者感受到作者理應夢到了父親，詩中以「一滴淚」代表自己，以與以下的「在記憶的湖面倒映／這座山」相互映襯，思親之感用具象的湖映出山來呈現。倒數第二段則以倒影、漾開微笑等詞代表親離似未離，但結尾二行又推遠了些說：「不過／這麼近　那麼遠」，表示天人仍然永隔，難以真正如過往那麼可以親近。

此詩大概是本冊詩集最好、最成功的一首，展現了作者濃烈而內斂的情感、獨特的視角、節制的語言、新穎的意象，甚是難能可貴，如作者以此為出發點，繼續發展其詩藝，未來必有大成。

另一首〈傷春〉（1968戊申年春節總進攻與起義戰鬥50週年紀念）則是與越南的大歷史和大戰爭有關，作者用語相當詼諧調侃，在幽默中有淚光，在強烈的對比中表現了詩人悲憫不忍的胸懷。此詩如下：

　　一九六八戊申年春節的一場
　　盛宴
　　家家戶戶嚐著

竟是那熱熱辣辣的

槍彈

乒乓……乒乓……

嘹亮的鳥聲

響得刺耳　驚心動魄

呼呼……呼呼……

燃放的槍炮

在春天的空中

綻開通紅

雖然春花凋謝的記憶

化為灰燼

半個世紀前殘留的

氣味

至今呻吟

仍……痛……

　　越戰期間的1968年1月30日，北越以超過三十萬的軍隊和遊擊隊，對南越36省會、5大城、64縣城和50個戰略村，乃至西貢機場、總統府、總參謀部等等總數超過兩百個市鎮和農村發動驚人的「春節總攻擊」。連美國駐西貢大使館也遭到越共敢死隊夜襲，引發美國輿論譁然。此攻擊在當年西貢長達三天、在王朝舊首都順化市激戰持續一個月、美軍溪生基地則被圍困76天後棄守。此春節

攻勢的慘烈狀況使美國民眾震驚，此後反戰浪潮日益高漲，甚至後來使詹森總統宣佈放棄競選下任總統。如此重大的總進攻影響可說深遠，詩人以此為題材，採取的方式是與春節的歡樂作對比，不直接說戰事之恐怖，卻只說家家戶戶嚐的「盛宴」竟是「那熱熱辣辣」乒乒乓乓的「槍彈」，響得刺耳的是「驚心動魄」「嘹亮的鳥聲」，有視覺、聽覺和味覺，然後由地面而空中，綻開的是呼呼呼呼通紅「燃放的槍炮」，原來戰爭成了慶祝佳節的方式，那種深刻的慶節儀式深深烙入每人腦中，即使作者未及參與，也深知此次總進攻造成的重要影響，事經半世紀記憶如凋謝的「春花」已「化為灰燼」，但似乎仍可聞到「殘留的氣味」（嗅覺），造成的傷痕仍在「呻吟」（聽覺）作痛（觸覺）。此詩雖然題目有其立場，但內容卻完全站在感傷哀衿的全方位視角，詩意就建構在能客觀描述歷史、以極大的喜對悲、樂對痛、鬧對亂、傳統對科技、春花對死亡等的恐怖張力，令讀者宛如回到當年場景重構那種荒謬恍如夢幻卻是戰爭事實的想像空間。語言平淺易懂，意象對比突出，是書寫戰爭史實的短詩佳構。

曾廣健於短詩外，於本冊詩集中也呼應海峽兩岸截句風潮，將其往年及近期四行內的小詩也編為一輯，其中不乏佳作，如：

〈童年〉（二）

咯咯咯的天真
在祖母臉上的皺痕　滑落
暮靄中飛揚

〈笑〉

是非成敗　喜怒哀樂
名譽地位……
統統打包

讓笑　去詮釋

〈沙〉

無論漂泊天涯或海角
我仍知道自己來自哪裡

不滅的一股當地的
氣息

　　〈童年〉一詩並未說天真從祖母臉上皺痕滑落的原因，只末句以「暮靄中飛揚」交待，顯然有再也看不到老人家的隱意，或是對老人家站在晚年暮靄中的不捨之情。〈笑〉將人生的外在內在「統統打包」、「讓笑　去詮釋」，有不在意或無法在意、在意也沒用的無奈和瀟灑，但未明說，反而有想像空間。〈沙〉有微不足道，但只要有「不滅的一股當地的／氣息」，便有獨特性，有不忘土地和根本之意。又如下列三首：

〈情鎖〉

往事在時間深處泛黃起來

一支鏽匙　今夜
又跑到記憶去擦新

〈位置〉

為了追摘他人的夢
把面皮剖下
墊高自己位置

與別人並肩同行

〈時間〉

留步
還我青春！

　　〈情鎖〉說的是時間深處有無法忘懷的、泛黃的往事，偏偏就
不由自主地伸出「一支鏽匙」，再度跑進記憶裡「去擦新」，時間
深處即情深深處，「鎖」有無法由昔日之情中走出之意。〈位置〉

是一首自省詩，也可能是批判諷刺詩，對那為追尋更高「位置」而可把「面皮剖下」、「墊高自己位置」、以便「與別人並肩同行」，卻忘了那只是「為了追摘他人的夢」而非真正自己所求理想的作法，予以譏刺，既自警也有警世之意。〈時間〉雖僅二行，看似對時間的呼喊，也可視作對內在自我的對抗和警世，乃至對天地對老病對死亡對留不住的一切的攔阻和抵抗。

他很有味道的截句是下面二首，只是在小細處上若更簡潔，則或更突出，比如：

〈感情〉

把情感典當希望
用去下注一場愛情遊戲

激烈地勝出後
只是一顆淡淡的星光

後兩行很棒，有不知所以就參與了遊戲，後來發現過程勝於結果，似有懊惱之恨，末句真有點睛之效。而題目及前二行若稍動，或更清新，比如：

〈愛情〉

典當情感
下注一場遊戲

激烈地勝出後

只是一顆淡淡的星光

　　如此原詩的「情」字少掉一個，「希望」二字的虛字省去，只因「下注」二字即有此意。又比如另一首：

〈雨珠〉

在襟上輕輕滑落

「唉呀！」　墜地叫痛

原來對你的離去

挽留

　　此詩以「雨珠」代替「淚」，說的是不捨的心情，用「雨珠」二字及以「襟上」替代「臉上」，更具距離的美感。且用誇飾法說「雨珠」還會「『唉呀！』　墜地叫痛」，誇張但具體而有動感，將離情寫得極有畫面。而原詩若只動兩個字，比如：

〈雨珠〉

自襟上輕輕滑落

「唉呀！」　墜地叫痛

原來是對你離去的

挽留

一個是首行第一個字「在」換成「自」，一個是第三行「的」字挪了位置，讀來音調或更自然，提供作者參考。

2018年年底在緬甸第二大城曼德勒之阿瑪拉普拉古城（Amarapura）的烏本橋（U bin bridge，又稱情人橋）上，筆者認識了來自越南的年輕詩人曾廣健，雖同來參與五邊形詩社策辦的亞細亞文藝營，卻只有藉助旅遊參訪這一座建於1850年、全長1.2公里橫跨了東塔曼湖（Taungthaman Lake）、由1086根柚木組成浪漫、極富詩意的古橋上，竟然才有機會與之互動交流，也不能不說是此行的美事。當時談到他在胡志明事（即西貢）為了當下越華詩的傳承，在當地為更年輕的一輩辦了不少文藝寫作活動。如此有心，令人感動，當時也將若干臺灣相關經驗與之分享。在非華文地區推廣華文創作，其艱難困頓、阻礙重重可想而知，在上世紀70年代左右曾經越華與菲華詩壇多麼風光，時局一變，又後繼者有限，其無力感與荒涼的景象可想而知。如此年輕的越華詩人願舉竿揮旗，為華文詩事打拼，豈非應大大為之敲邊鼓？

而由本文上舉這些詩例，可看出曾廣健在詩藝上的努力、才情和成果，其對詩質的認知、掌握和追索，已具相當功力。比如他叫時間留步要回青春，然則沒有人可以叫時間停留，這說明了詩就是他叫時間留步的方式、讓歲月緩慢下來的欄杆、也說明他有擁抱如青春般陽光、普照一切的胸襟。如此有膽識和魄力，假以時日，深入詩國琢磨，必能發光發熱。何況青春正盛、樂觀積極，又富有攀峰的企圖和使命感，必能對越華詩壇作出卓越貢獻，愛詩人何妨拭目以待之。

靈與肉的溯源運動
——山林詩集《鶼鰈情深》序

他對靈或肉的探源和深究，從未虛張聲勢或諱莫如深

　　世間萬事萬物，不，應該說，即使一事一物，不論如何探究，均無有可窮盡之日。但人是宇宙之子，對此不可能服輸，以是世世代代必然透過各種形式、方法、學問、器具、乃至藥物、法術，必欲尋根究柢，對所欲尋個究竟，始終不肯罷手。

　　然而常存此念者畢竟少數，多數忙碌於生活、子女、名利、汲汲營營，即草草過掉一生。山林張氏不然，其生活之形式和內容實為吾友中所少見，精力之旺盛、處事之講究，宛如在身體背後按裝了數具動力龐大的引擎，所為無不卯足勁力、全身投入，因而無往而不利。一生奔逐商界，功績可載者不少，及入花甲，歸居山湖，處於半退休狀態，即使種蘭，數年之間亦輕易即囊括全國無數蘭展的大小獎項。近年投入新詩創作，轉眼即累積五百首詩，其精力之驚人、全力以赴精神的「嚇人」，可略見一斑。但筆者即使與之往返數載，對其何以得之，仍不甚了了。事物難探，人心亦然，何況諸多創作所以完成的動力和完成的可能方式更是難測。

　　但凡看似簡單之一事一物、一情一愛，本身無不隱含複雜的成因和難以究竟的奧秘，即以張氏此集論之，所寫所詠雖僅及情與

性，但其體認之全方位、之深入、之認真、之得心應手，恐幾萬人當中都難尋得一二。情（靈）之一字不知早已折煞古今多少豪傑和平凡百姓，又有誰能將之說清楚講明白的？性（肉）之一字又更複雜，其背後隱藏的宇宙動力讓生物學家、心理學家忙昏了頭。此二字之所以對絕大多數人是個問題，恐是始終存在著「難以知足」或「不知如何知足」的煩惱，總有「所遇非人」、「靈肉契合不易」的頹喪感和悵惘，這也是大科學家、大藝術家、大宗教家要在翻騰慾海不得後必須另闢蹊徑，亟欲脫離貪嗔癡三劫，行走創造、求取領悟的原因。宛如上岸後才有永恆的、或真或美或善的道路可走，但那是少人行經之路。

　　山林張氏不然，他要走的道路就近在身邊，他把用在他處的妙手和靈感回頭用在身邊人身上，自然樂趣頻出、感受強烈。他在人人相似的經驗中發現存在的意義、挖掘出無數根本的相異性，並有借此一事即得溯源而上、貼近「生與死之天機」般的領會，這恐怕也是他的詩創作能不斷泉湧的緣由。當他說：

　　　什麼都不必說
　　　再沒有更接近的接近了
　　　只記住交集的那一點
　　　死亡與出生的混沌

　　　　　　　　　　　　　　　　　　　　（〈最初〉）

　　說的不僅僅是高潮時的小死，對他而言那其中是沒有言語的、無法言說的，是神性兼魔性的、是天堂包住地獄的、是死亡灰燼見到重生之燐火的，「再沒有更接近的接近了」，說的是靈肉交集之

歡愉外，卻有著共赴雙修的神祕之道、混沌感隱含於內。

　　由他詩中所描摩，可以讀出不少他對待枕邊人的方式和訊息，包括五十年同姓婚姻的不熄之火、初識的社子橋、試婚不眠的五個日夜、山林隱居的歡笑、周遊世界的經驗、日子的平常與不凡、也不否認花甲重燃的欲火讓他有第二春的感覺等等。對他而言，「來電的夜晚／都有一股回歸的慾望」、「一種說不清的美好騷動」〈回歸〉，很多感受均由此而生，「愛的花朵／永遠開放在彼此分享時／而詩則是花開花謝的精華」（愛的花朵），沒錯，其實就是一個單純的想與枕邊人「分享」的心態，讓他的人生有了與常人不同的路徑、生活方式、和詩的自動親臨。比如：「在妳皺褶的鼾聲裡／塞入幾句溫軟的耳語」〈潛泳〉這是醒與睡的分享；「沿著黑森林邊緣／愛撫出／濕淋淋的海岸線／當海水癲狂／躲入棉被還聽得到浪聲／天黑風大時／海嘯更沖上岸／弄濕了守在廟口／進出港口的船隻」〈情挑〉，這是森林與海岸線（女性陰部的細繪）、陸地與海、船與風雨、愛撫與親密、挑逗與波濤的分享。

　　當他這麼說曇花時：

　　　午夜的曇花
　　　裸裎自己
　　　在黑暗裡幽幽開放

　　　沒有呻吟
　　　沒有高潮
　　　只輕輕滑落一聲
　　　快慰的嘆息

詩人想在她身上寫首詩

還來不及押韻

就已斷句了

（〈午夜的曇花〉）

　　他說的是花與人與夜晚與開放與嘆息與既像有又像沒有的舒適與分享。這首詩也展現了典型的山林張氏詩的風貌和特色。表面寫短瞬即落的曇花，內裡寫的卻可能為心中某個乍現的夢境或人影。當然若看成情色詩亦無不可，雖然花的各種姿態、美感、展示、開、落，在他的詩中常常充滿了性暗示，花開本是花之性事，天性即如此，他不過是誠實面對、實話實說罷了。但此首卻是他寫得極溫和、極含蓄的一首，首段寫「午夜」、「裸」、「幽幽開放」，既是曇花的實景，也可是人影出現的實景。

　　第二段「呻吟」、「高潮」、「快慰的嘆息」皆是人的特質，而當他說「沒有呻吟」、「沒有高潮」、「只輕輕滑落」則又像是花的，曇花開放完畢的過程中自然是聽不到的無聲過程，說「快慰的嘆息」當然是人賞花的驚奇和惋惜，但人非花，當然不知當花卉開至絕美短瞬即掉落的感受，說不定也因完成了花粉受孕過程即此滑落，卻什麼都無聲地在進行，沒有人知道曇花到底完成了什麼、還是沒完成什麼。此段看似賞花，卻也有可能是夢影出現時瞬間的感受。

　　末段是詩人的感嘆，「身上」、「寫」、「押韻」皆是人感嘆時間太快，來不及，「寫詩」是來不及讚美。「她」人的成分多於花的，但「斷句了」又較像是花的絕然斷落掉地，看似像性事還未

至高峰就已昏死過去似的，卻更可能是夢影乍現即逝的感喟。但詩既命名為「午夜的曇花」，那種夜間開放的美，就具有神祕感、或不宜深究。若要保持心靈純潔，最好一逕往花上想。

他的〈曇花再現〉更是含蓄，文字淺明，卻展現了他詩藝的凌雲身姿，顯然也是他最想追求的詩的境界：

　　不曾有約
　　你卻悄然而來
　　在曇花再現的夜晚

　　粉紅而膨脹的潔白花苞
　　為你真情再開
　　天未亮　花莖已垂落

　　起床時
　　你已不知去向
　　只剩下幾滴
　　乳白的光澤

　　花朵上的露珠
　　逗留得比你還久
　　拂曉消失無蹤的人

此詩表面淺明易懂，內面卻隱藏了許多說不明白的人生歷程。詩中的角色有曇花、你、和在旁暗裡隱形觀察的我，而這個我與曇

花其實是一而二、二而一的，因此與上首的「詩人」、「花」、「她」三角色不同，在那首中，她與曇花是二而一、一而二的。此詩首段三者皆出現，二段「花苞」、「再開」、「花莖已垂落」皆隱含了花綻放的目的和情意，「你已不知去向」、「露珠逗留得比你還久」都有感嘆賞花人不在、消失的悵惘，「拂曉消失無蹤的人」更點出了夢影的特質和不可捉摸。此詩優雅、含蓄、迷人，令人神遊而難以深究。這也是山林張氏在「靈與肉的溯源運動」的光譜中最偏向「靈」的一首詩，也是他寫得最好的詩之一。

反而是一些較可明白看出他寫性事的詩，也明顯展露了他對「肉」的大膽描繪能力和運用文字的氣勢，比如〈夜渡〉：

翻騰過千濤駭浪後
船隻閉眼睡著了

沉重退縮的船頭
正好擱淺靠在河口上

當一波波的浪潮再度湧現時
趕緊連夜駛進內港避風

輕輕擦撞 一艘流浪的小詩
竟完成於暗夜汪洋中

詩中「船隻閉眼睡著了」、「沉重退縮的船頭」、「靠在河口上」、「駛進內港避風」、「完成於暗夜汪洋中」等詞句，都充滿

了人生如苦海和性如避風港的暗喻，且有再接再勵、奮力再起的勇氣和能力，完成的「一艘流浪的小詩」是收穫、也是意外的撿拾。短短八行，既寫了人生無可奈何的翻騰、也肯定了人生重要的溯源運動（回到子宮暫時休養）。

山林張氏在詩藝的追尋中，有其堅持和執著，他對靈或肉的探源和深究，從未虛張聲勢或諱莫如深，坦然面對、誠懇溯源，如是多載，已有所成，今得逐步歸納結集，可喜可賀，此一道路，不知路途將終止於何處？其止境之景觀為何？必須親往深探才能回報，今先結此集，略作數語，得使吾人先暫窺其可觀的能量和形式，其餘詩作亦值吾人深深期待。

2006年12月

擋不住落花的高潮
——山林詩集《生活寫作》序

每首詩都是他姿勢不同、擋也擋不住的落花的高潮

　　坐在絕佳的風景之中、或感動的事物之前，如何因心中生發某種莫名的激盪而偶獲佳句，於我已是不易，若要於七步暫短之間成詩，那更是難如登天，通常總得沉澱若干時刻，寧靜下來，待清濁分明後方有所見。吾友山林張氏則不然，在面對大好山川景致時，他常能於不旋踵間即有所得，揮筆即就，宛如詩篇是借助他的手自動寫下來的，這本詩集即是他在諸多這種情境下的創作物。暫且不論其質素如何，光是景致如何能瞬間即被收攏於其筆下，即是一玄妙不可盡知之奧祕。因此，其大腦的思維與想像結構必然與人迥異。

　　而山林張兄既以「山林」為名，所居果然就在山林中，離燕子湖僅一窗之隔，日日藍鵲往返於其庭院上空，花草香蘭環植四周，深居「文思之奧府」（劉勰語）中，一叩窗，風景豈能不回以一響乎？是以他的詩情長意綿、對諸多小事小物小情小愛大驚小怪，從不以蟲小而不寫、愛微而不描，對尋常景致一再前往三顧四顧五顧六顧，對周圍人情世故無不熱情相與，這本描繪天地的詩集以及數年間五百首詩之能源源而出，豈非自然不過？

比如此集第二首〈碧潭吊橋〉一詩，寫在最早，即可約略看出
他觀察事物角度的多元、和尋常無奇之物如何即能揪其心、動其心
的原因：

　　　　朝陽正從雲縫露臉
　　　　把吊橋的影子
　　　　拉成長長的一條龍
　　　　害得游魚四處逃竄

　　　　當年江石定繪出力學
　　　　拉住兩岸的一條吊橋
　　　　扮起漳泉通好的媒人
　　　　牽過了多少儷影雙雙

　　　　遠觀吊橋如凌空的長虹
　　　　走到橋下往上看
　　　　又活像一條蜈蚣風箏
　　　　橫臥在新店溪上空

　　　　愛人們佇立橋中央
　　　　被堅固的纜索拉扯著
　　　　那麼愛情
　　　　豈不就飄在風箏之上

　　　　望著橋下溪水流去

忽覺夢中人從碧波飛上來

一時湧起澎湃的詩潮

趕緊把流不去的舊夢收回心中

　　詩分五段，首段寫橋的整體美，從天而下、降至水面，先點出此橋的形式和特性，並對末段預作伏筆。第二段寫橋的歷史美，述及其源起和過去（1927年完工，由江石定設計），也隱含著橋兩岸的故事和悲劇。第三段寫橋的仰角美，長虹、蜈蚣、和風箏都是仰視時具現的美感和聯想。

　　第四、五兩段轉寫心境，第四段寫橋的優美特質所可能帶出的愛情美，但一如吊橋的晃盪特性，愛情亦然，看似再堅固卻無不以變動搖晃為其特質，「豈不就飄在風箏之上」一句是以橋的外在聯想，去強調內在愛的變幻性和難以捉摸。第五段回到自身，寫橋帶給內心的當下美和驚悟，此四句隱含玄機，「忽覺夢中人從碧波飛上來」顯與往事和回憶有關，是自潛意識飛到意識中來，且不可攔阻，「趕緊把流不去的舊夢收回心中」，舊夢本在心中，只是無意間翻攪了它，「收回」有欲由過往回返當下、安定己心之意。此詩由天上至地下，再回到橋上，由今至古、由現在往返過去，可說層次繁複、輾轉自由，將早已老去的臺灣八景之一由這一首詩再付予個人獨特的觀照，把上下古今時空左右收攏於一橋，達到了詠物的高點。

　　對山林張氏而言，景致或古跡不是他描繪的重心，而是他情感和想像的延長，或者說它們不是他勾勒的目的，而只是手段，他要做、想做、只願做的，是透過景物將個人感思，尤其是情感的痕跡和洶湧的想像注入其內，卻往往能使古物或遺跡具有新景觀，那與

一般人觸景而生思古之幽情有絕然的不同。比如寫臺南二鯤鯓砲臺「億載金城」的〈牽手〉一詩：

穿越時光城門
順著妳的掌紋方向
漫步二鯤鯓砲臺
巡視沈葆楨留下的酒瓶大砲

首由智慧線東行
踩著牆頭的閑靜
站在歷史的斑剝殘壁
聆聽夏蟬在苦楝上的天籟大合唱

再循生命線南下探尋
編織安平大砲臺的神勇
走在歲月的足跡上
靜聞古人劉永福的歡笑

然後沿愛情線
繞回萬流砥柱
在密密麻麻的蟬鳴交響樂中
重溫安平追想曲
領受億載的愛情

牽手走在妳手掌中

汗水爬行在臉上
我興奮地寫下這
億萬年的一刻
傾城之愛

　　城堡是何等堅硬剛毅的東西，很少人會用女性的視角「妳」來
描寫，張氏獨出巨眼，採取了「以柔克剛」的策略，「牽手」在臺
語是妻子，「掌」是待牽的手，詩末說「牽手走在妳手掌中」，則
此「掌」成了我與牽手的共同命運，果然高招。此詩更特異的是以
手掌的智慧線、生命線、與感情線來分頭敘述此堡的命運，應該說
連帶整個安平、或整個臺灣的命運。

　　而「掌說安平」之所以能言之成理，即因詩人用了三個典故：

　　一是智慧線，興建億載金城砲臺者沈葆楨（1820年－1879年）
有關，1874年牡丹社事件時沈氏被清廷任命為欽差大臣到臺灣督辦
軍務，任內開山撫蕃、廢除限制漢人渡臺禁令，沈氏果然在其晚年
發揮了高超的智慧。

　　二是生命線，與一生都在戰爭中奮鬥的劉永福（1837年－1917
年）有關，此人是一位歷史的草莽傳奇人物，成立黑旗軍，轉戰於
中越邊境、臺灣，參與大小戰役五百餘次，立場先由反清、再擁清
抗法、援越、抗日，響應臺灣民主國總統唐景崧與統領丘逢甲抵抗
日軍，其後二人逃往廈門之後，劉氏在臺南再度成立臺灣民主國，
臺灣民眾要求以總統印綬交給他，但劉不接受，仍稱幫辦，在安平
奮戰至不敵，才離開臺灣，果然是一生均是以生命禦侮的英雄。

　　三是感情線，與1951年發表的陳達儒作詞、許石作曲的〈安平
追想曲〉中的故事有關。此曲描寫的時空背景是十七世紀，當時被

荷蘭統治的臺灣，出現臺荷的混血兒。二十歲的混血少女，處身於當時平埔族、少數漢人的東方人群中，既思念情郎，亦憶起因為荷治時期結束而遠走的荷蘭醫生父親。其詞如下：「身穿花紅長洋裝 風吹金髮思情郎／想郎船何往 音信全無通 伊是行船遇風浪／放阮情難忘 心情無地講 想思寄著海邊風／海風無情笑阮憨啊……不知初戀心茫茫／想起情郎想自己 不知爹親二十年／思念想欲見 只有金十字 給阮母親做遺記／放阮私生兒 聽母初講起 愈想不幸愈哀悲／到底現在生也死啊……伊是荷蘭的船醫／想起母子的運命 心肝想爹也怨爹／別人有爹痛 阮是母親晟 今日青春孤單影／全望多情兄 望兄的船隻 早日回歸安平城／安平純情金小姐 啊……等你入港銅鑼聲」。歌詞中，首先以金髮點明主人翁身分，歌曲中的「金十字」（代表十字架）、私生兒、荷蘭醫生等詞都在敘述一段沒有結局的情愛。對荷蘭統治者而言，投降歸國、離開臺灣女子，果然是「傾城之愛」，也是一齣時代悲劇。

於是三個典故都與安平、也與某座城堡的存亡有關，「億載金城」於詩中就成了「永恆」的象徵，而不必去追究三個典故確實發生的地點。因此由沈葆楨所題城門的橫批「億載金城」、「萬流砥柱」二詞，就成了這些歷史悲劇的反諷註解。因既沒有永遠的政權、也無永固的金城、更無億載的愛情，此詩對金城的巡禮，對照一「掌」的命運，真正表達的可能是：「牽手」陪他一段或已足矣，一瞬即一生、短暫即永恆，或許是更真實的人生至理。

張氏年近七十，仍對生命充滿熱情和好奇，離「不逾矩」似乎仍有距離，以〈見證〉一詩為例：

　　情人節次日

朝陽從山巔窺探
想確定
詩人與愛人是否還在陽臺

幾隻調皮的長尾山娘
飛到那把空置的雙人吊椅上
到處尋覓
昨夜的甜言蜜語
意外地叼起了一條
黏住的保險套

　　詩人不老，迄今仍「性致勃勃」、「甜言密語」源源不斷，末尾二句當不是詩人所留，否則就是一件公案了。而語句輕鬆幽默一直是其詩的特色，比如〈樹蛙〉一詩：

我喜歡你輕輕地捧著
手掌握著我像隻乳房
寫詩的手
撫摸會呼吸的翡翠皮膚

請經由視覺、觸覺、嗅覺及聽覺
以冥想進入青蛙世界
你的臉頰貼著我
你身體的氣息
淡淡的香水味

令我雙目微合、放鬆入眠

你在我身邊
低語地溫存
還為我寫一首詩
使得樹蛙身價大漲

　　此詩發生的地點是在南投的桃米村，解說員手上正把一隻樹蛙翻轉過來，在牠的肚子上按摩，樹蛙不知是裝死還是真的被按摩得很舒服，乖乖躺在人的手掌心，一動也不動。詩中詩人成了樹蛙本身，且假想是一隻被握著的乳房，寫來曖昧、輕快、卻動人。
　　他寫得好的詩都有相近的品質：自然、天真、質樸、趣味，像不著人工匠斧，比如〈流螢〉一詩：

黃昏誤入禪園養生
分享詩意的森林晚餐

歸途墜入抹黑的山徑
看不見星星與流螢談天
只聽見晚風和樹林私語

暗空驚鴻一瞥的螢火
晃如飄忽不定的靈感
屢在手電筒的追尋下
消失無蹤

此詩妙就妙在「屢在手電筒的追尋下／消失無蹤」二句，充滿了趣味性和現代性，不致於因寫景而落入古典制式的情境中。

張氏一度是臺灣養蘭高手，對花開的宇宙原理心知肚明，因此對「植物裸露的器官」研究有年，看到花開自然然有其與眾不同的觀照方式，比如寫油桐花的〈五月雪〉一詩的末段……

花落本是一場性愛的
完成儀式
詩人請勿以悲淒的手
擋住落花的高潮

花開與植物的性和繁衍機制有關，詩人說的完全是事實，但一般人不說得這麼白、不直述「性」之一字，張氏輕輕一跨就越過去了；末二句更是絕，「悲淒的手」是說常人見花落都不免傷感，但張氏卻說且慢，那是小死的性高潮的結束，高興舒暢都來不及了，何來傷感可言？詩人果然見識不同，超越了過去所有寫「葬花」、「落花猶如墜樓人」等制式的情懷，凸出一格，真是慧眼獨具。此集中類似的詩不少，〈夏〉、〈夏雪〉、〈觀鶴〉、〈數羊〉、〈花秘館〉、〈農莊晨景〉、〈人間雕塑〉、〈蓬萊觀霧〉、〈臺灣民窯賞荷〉……等皆是。而其創作的能量至今還在上升坡中，每首詩都是他姿勢不同的落花方式，或者說，是他以文字形式完成的性愛儀式，那可是他這一生擋也擋不住的落花的高潮啊！

2007年4月

把詩「套」進生命的人
——山林詩集《最浪漫的事・詩日記》序

逐步老去的七十歲身體裡住著一位永遠十七歲的少年

　　一個社會在極端混亂、難以收拾的狀況下，很難會看到有詩人能夠提筆寫詩，比如抗戰八年，比如一九四九年最巨變的前後幾年、比如十年文革，那時只看見所有人都顛沛在流離的路上。這例子是說，詩很難在最困挫的日子產生，總要從其中抽離，反芻一段時日後才易有詩。艱難的時代如此，艱難的人生經歷亦然。

　　山林兄卻不然，三年多前在他年屆七十之際，因脊椎手術不順，進出醫院無數次，斷續開大刀五回，幾次挖自體髖骨重接切斷的腰椎，躺倒醫院病牀上長達七個月，翻身或坐起皆困難，經歷他人生最艱苦難受的肉體折磨和煎熬，差點癱瘓牀上，從此爬不下牀。但他卻能在那樣艱難的日子，躺在床上以原子筆以鉛筆仰面向天花板向紙板艱辛地寫下當下的感受，很像在戰亂時代在山洞在溝壕間扭曲身體就地或仰天書寫的戰地記者般，但寫的不是文章，而是詩。詩是那當下自天而降、救援他的繩索，將他一而再再而三地自痛苦的深井中拉拔上來。這本詩集就是他「落井」前後的記錄，從最浪漫柏拉圖式的情懷到最最不浪漫的病牀「折腰」的生活，皆留下了他在繩索上在井垣邊的指紋、汗漬、手跡、和血痕。詩是他

夢中的搖籃、他在大漩渦中的方舟、他痛苦的救贖，但有近七個月的每個字都是以手術刀刻下的。

山林兄的這種面對痛楚時所撿擇的態度，主要來自兩種力量：一是宗教，一是詩。宗教上對上帝的堅定信仰，使他敢於把自己「交出去」，當作「神的恩典」、當作生命最可貴的試煉，盡人事聽天命，即使「庸醫」連連，亦全盤承受。而文學上對詩的極端執著，是他能自黑夜攀爬回到白天的、內在最大、最自發的生命能量。詩的這種自內而外的放射力量，當時（2007年10月至2008年4月）在一位年臨七十卻充滿生命力的長者身上，可說發揮得淋漓盡致，也給了後輩絕佳的榜樣：寫詩比讀詩對生命的支撐力道至少多上十倍百倍乃至千倍。

有句話說：「心頭是熱的，周圍就冷不下來」，就他而言，還可以再加一句，「心頭是詩的，痛就會冷下來」。他即是那人塵中極熱情之人，一個讓他周圍的人事物永遠冷不下來的人，即使躺倒病牀亦然。他的詩就是他此種熱情的映射、折射、反射、散射，讓人感到溫暖和溫馨。即使當他說：「住院好似一集集永無止盡的／連續劇　續集後面／有續集　後面又有續集」（〈享受痛苦〉）的「噩夢連連」之際，他也仍能寫下：

坐困病房　把飢餓摟得緊緊
靜待利刃剖腹的開刀日
放任思維之線垂釣詩句
悠遊前兩次開刀的痛苦回憶

（〈不必牽掛〉）

「坐困」時只能「靜待」，然後「放任」，然後乃能「悠遊」，這個過程即是他面對困挫時能寫下詩的緣由。一如他在〈詩的圈套〉一詩中所說的：

　　　把詩套進 解不開的圈套裡

　　在這裡的「圈套」應有兩義，一個是身體的，像「永無止盡的連續劇」在庸醫的手中脫不了身；一個是心理的，柏拉圖式的精神戀慕永難解開。因此當他說：

　　　病房長夜孤寂
　　　鎖不住詩人的一枝筆
　　　日夜繁殖詩句

　　　　　　　　　　　　　　　　　　　　　（〈感恩〉）

　　那是複雜糾結的人性在心頭熱著，像逐步老去的七十歲身體裡住著一位永遠十七歲的少年。每回「想不想時，已是想」、「最好是連不想，都不想」（〈不想〉），我們不宜猜測他「想」或「不想」究竟是何人或何事，但其中透露的正是為何或何以有人心頭會「永遠是『熱』的」？有人三兩下或頂多三兩年就冷了，不管對人或對事？但山林兄不然，他全身像有使用不盡的精力，即便在最危難、「居然以醫院為家」、甚至質疑「詩人或許會在醫療過程中消失」時，他竟還寫得出如下的句子：

　　　腰椎被切斷重接後 病房寫詩

已是詩人唯一能夠的勃起

（〈詩想〉）

當花全開時
風把吊鐘　敲得
香氣四濺
整片晃動的風鈴
如聞到叮叮噹噹的鐘聲

哦！美麗的護士小姐
那可是她腳踝上的鈴鐺聲？
還是詩人零亂的心跳

（〈落地生根〉末二段）

　　寫詩竟然與「勃起」扯上關係，既大膽又具體，然則詩做為人
類「精神勃起的象徵」又似乎合情又合理。〈落地生根〉二段看似
苦中作樂，卻也是山林兄永存赤子之心，無時無刻皆站在發掘世間
情趣的觸發點上、創意無時無處不可生發的具象顯現。
　　當然他這本詩集寫得最好的詩不必然與他的苦痛有關，比如
〈快樂的油桐花〉：

蒙愛神眷顧
像隻白色蝴蝶
翩翩飛颺在半空裡
快樂的油桐花

憑著身輕
竊喜地
沾住客家小姐的秀髮
又從她柔波似的心胸彈脫

她從落地的雪花中
獨獨覓了出來
置放鼻尖輕輕一吻
花瓣上猶有一滴露水
竟是詩人凝蓄了一夜的思念

　　此詩前二段寫油桐花的「身輕」如「白色蝴蝶」，有幸與她的秀髮「相沾」又自她「柔波似的心胸彈脫」，末段寫她慧眼獨具，能自落英滿地中獨識出與她有緣的那朵，將之拾起在鼻間嗅聞，那其中藏有「詩人凝蓄了一夜的思念」。此詩寫來清新自然，不飾不誇而又情趣漾然，甚是令人激賞。類似如此灑脫而「心頭有熱」的好詩還有如〈海與天〉、〈憶京都春色〉、〈玩味山林〉、〈紅河谷〉、〈心想〉、〈歌者〉等等。

　　而就在他已「學步」由「折腰」的艱困中再站起後，卻偏偏遭逢其愛妻因勞累而罹癌，兩夫婦又得再次面對人生的艱困時刻，他即以「落髮」的具體行動展現與妻一起抗癌的決心，那種日子又比他先前所面對的要更為辛苦、漫長。對他而言，這正是老來終究得一再面對的人生道路，而他早已在〈學步〉一詩中寫了：

拄著一根拐杖　學習

以堅定的步伐　走進

爬滿皺紋的時光

　　他比我們這些人更早地面對了「爬滿皺紋的時光」，但他早已有剛強的本領，可以一而再、再而三、三而四地：

把詩套進　解不開的圈套裡

　　這些圈套到處皆是，機關重重，難有正確序號和完全能開通破解的密碼，生命如是、情愛如是、性如是、病痛如是、災難如是、死亡如是、宇宙諸多奧秘亦如是。而憑著他堅定的對基督之愛，心頭便永遠是「熱」的，山林兄已為我們做了最「熱」也最「詩」的示範。

2011年5月

在流水人生中倒影
──山林《金婚紀念詩文集》序

因有了筆，一切都被重新安排了秩序，包括他的情愛

過了古稀之年後，很少人能像張燦文那樣，依然活得那麼熱情、多情、有活力、坦率、且自在，幾乎這一生沒有什麼不能對人暢言者。他的一支筆從來沒有停下，心有所感，即以詩以文盡情表達；他一顆火熱的心亦然，面對任何人事物，總從同理心出發，莫不設想周全、照應細膩，必要主客盡歡而後已。但最最重要的是，他永遠能把牽手半世紀的老伴侶放在與人互動的第一順位，重視她的身、心、靈的感受，不論兩人這幾年各自經過怎樣的病痛和意外的折磨。

可貴的是，他甚且常藉助他的筆，選在恰當節日或紀念日，用古典詩用新詩用散文一而再再而三炙熱地勇敢地傳達對老伴終身不移的愛意。於是乎，乃有此本金婚紀念詩文集的誕生。此種昭告天下的寫作方式，不如說是另一形式的示愛手法，創意十足，前所未見。

張氏此種情之泉湧，奔流幾十年，雖中間漩渦、波折不少，卻於始於終能專對一人傾訴而從未終止，及至來到眼前，匯成溪流，終成大觀，偶有停留駐足，暫成平寧湖面，兩岸景致自動倒映於其

中。宛如他們兩人住居的新店溪流域，在流動中暫蓄儲成燕子湖，而他們就如神仙眷侶般多年來常攜手湖邊或山道，湖中當常映出兩人晚年倒影，流水人生中有此情事，豈非美事一大椿？可說羨煞天下俗凡的男男女女了。

因此張燦文可以說是男性中典範型的人物，吾輩等皆僅能自嘆弗如，欣羨之餘，也只有暗許雖不能至，而心嚮往之。而他之所以能達至此等境地，溶生理需求（性）、審美情感（愛情）、道德情感（婚姻）、宗教情感（神秘經驗）於一爐，恐與他在進入新世紀後信了基督教或有關聯，也使得他中年時種種對伴侶的歉疚感重新獲得釋放和解救，兩人也因重拾互信而建立了如青年時期長達八年愛情長跑（因同姓婚姻而倍極辛苦）的信任和互愛。這也說明了信任感在愛情中的重要性，寫過名詩句「對永恆和對時間都一樣／愛情無開始如愛情無終／在不能呼吸步行游泳的地方／愛情是海洋是陸地是風」（〈對永恆和對時間都一樣〉一詩首段）的康明斯（E. E. Cummings 1894~1962）曾說：「對待愛情應該比對其他任何事都更謹慎」，張燦文此詩文集正顯現了他極度謹慎的態度。

在散文的部份，他詳實地回憶且記錄了一九六〇年前後兩人交往的一些細節，包括時地、場合、環境、乃至天氣和人事物，著實不可思議。比如由社子吊橋約會開始寫起，說當年他們「光由吊橋的牽手，到日月潭畔的初吻，就耗去了兩年多光陰」，那麼「純情」是時代使然，若與現代年輕人相較，「實在是一點也不浪漫」，可是當年已很「羅曼蒂克」了。然後寫到其後在空軍新生社首次伴他「下場的舞伴」即是後來的「愛妻」，「兩人都是從空軍新生社起舞的」（恰好也是筆者一九七八年十一月結婚之處），且他猶記得：「每一次跳舞的費用預算我定為五十元，門票二十

四元，晚餐向例是牛肉麵兩碗十二元，或水餃、酸辣湯各兩份十六元，回程由新生社至行政院三輪車資六元，剩餘則買零嘴或水果。」記得的細節細膩至此，令人詫異。乃至如一九六〇年十二月三十一日除夕夜，臺北中山堂有來自美國的狄克森六人爵士樂團演奏會，他「好不容易買到兩張預售的二十元票，招待即將返回南投故鄉的俊玉」（當年的臺北只有中山堂和三軍球場兩個場地可供表演，而且都沒有冷氣，很少有國外的樂團來訪），有以下敘述：

> 散場時，外面忽然下起大雨，乃招來一部三輪車，因怕到車站太近車夫不載，乾脆議定直接踩至士林，價錢二十元。由於下大雨，所以車夫用那種不透明的遮雨帆布（透明的塑膠那時還沒發明），扣在座位前，後窗帆布簾也放下來，以免雨水滴進車內，於是車座內頓成黑漆漆的，而且有點涼意，真的是「風雨同車」，我們倆摟靠在一起，隨著車子一路搖搖晃晃，沿著當年唯一的通道中山北路回士林。
>
> （〈除夕爵士音樂會〉）

一九六一年五月十一日俊玉滿十九虛歲廿歲生日，特邀她北上，也是到空軍新生社慶生，沒想到第二天女友發高燒，他顧不得上學，張羅來針藥：

> 我生平第一次，也是我唯一的一次為人注射，居然是為俊玉打針，但由於沒有經驗，或許是因為緊張，還連插了三次才注射入皮膚，造成她不必要的肌膚之痛，實在感到不捨。而

這「致命」的一針，似乎也把我的愛意打進了她的體內……

（〈二十歲的慶生會〉）

　　當年的情意透過「似乎也把我的愛意打進了她的體內」一句，正可引發人在一些事件發生時深刻的記憶和美好的情懷，彷彿那一刻永遠停止在那裡，可供往後任何時間可以乘著時光機快速地前往憑弔。

　　即使是一些詭異的畫面也會在愛情長跑中點綴迴旋，比如當兵受訓時他提到軍中可能被施打「禁慾劑」，也與戀愛產生連結，他大膽寫到：

　　更發現自己的老二好像壞掉了，竟然整天垂頭喪氣，已經兩三個禮拜未曾抬頭過，還是有勞醫學系的同學偷偷告訴我們不要怕，因為報到第一天，每個人都被打了針，除了預防針之外，也打進了禁慾劑，而且，我們每天所吃的帶有黃色的所謂「營養米」，其實都滲入節慾藥抑制性慾。難怪一群像我這樣的年輕勇士離開天天在一起的女友，居然好久沒衝動過，也不想打手槍。直到過了三個禮拜，我才做了第一次春夢，半夜起來洗內褲。

（〈車籠埔的模範兵〉）

　　「禁慾劑」、「營養米」對兵士的性抑制是一有趣且值得考證的話題，張氏從不避諱類似的性話題，展現了他爽直、勇於面對自我的勇氣，包括他為過年期間為人看房子而與女友「試婚」、「大戰五天」的過程：

未婚的小倆口守在獨院屋內過年增壽長智，除睡著時間外，已把人間變天堂，變成天使般連內衣都不用穿，整天整夜享受肌膚之親，讓愛像奔流似地溢滿全身，親吻如雨點般地落在愛人身上，不住地擁吻唇、眼、鼻、耳等六根，以及全裸的身體，簡直已成神仙美眷，過著不食人間煙火的神奇生活。

　　在這幢獨院住宅裡，兩個愛人進行五晝夜的試婚，除了互相取悅對方，把整棟房子變成伊甸樂園之外，已經沒有別的事情可做。不論在床上、榻榻米上、沙發上、地板上、餐桌上或浴室裡，到處都是愛的痕跡和味道，藉著體液的彼此交流，使二人不斷溶成一體。

（〈神仙般試婚良機〉）

　　因婚姻常是愛情／性與社會的妥協，有人因此說婚姻是世俗對愛情／性的偷窺之眼，於是「伊甸樂園」常誕生在被體制規範允許之前，張氏兩人遂因未婚而試乃有了與社會體制頂撞的快慰。這兩段的描述充分顯現了性、愛情、婚姻三者既矛盾衝突又不得不逐步走向妥協的道路。

　　然則張燦文最終是清醒的，他知道婚姻中若要維持真愛「是需要用一輩子的光陰永續經營的」、「沒有體貼入微的培植，不斷地維護關懷，夫妻之間的愛，也是會枯死的。」此與他培養盆栽的道理相同：

　　就像我苦心培養的一些嬌嫩迷你品豆盆栽，有些盆缽的體型

長、寬、高各只兩三公分，所裝的泥土不過一丁點而已，欲
把心愛的小品盆栽養活、養美、開花、還要繁殖，實在需要
細心的培養照顧。除了知識，愛心和藝術修養之外，更需入
微的體貼；如果不日省吾愛，一日不澆水或淋雨，這些迷你
豆盆栽馬上會枯萎，甚至枯死。

（〈浪漫歡度情人節〉）

　　「日省吾愛」是張氏自創的新詞，意謂感情也需日日澆水，否
則活不長，道盡了婚姻的苦楚和不易經營，卻又不能不經之營之，
端在有心無心而已。
　　而詩文集中新詩部份最精彩的一首是〈億載牽手〉：

牽手穿越時光城門
順著妳的掌紋方向
漫步二鯤鯓砲臺
巡視沈葆楨留下的酒瓶大砲

首由智慧線東行
踩著牆頭的閒靜
站在歷史的斑剝殘壁
聆聽夏蟬在苦楝上的大合唱

再循生命線南下探尋
編織安平大砲臺的神勇
走在歲月的足跡上

回憶古人的天真

然後沿愛情線
繞回萬流砥柱
在密密麻麻的仲夏交響樂中
重溫安平追想曲
領受億載之情

牽手走在妳手掌中
汗水爬行在臉上
我興奮地寫下這
億萬年的一刻
——傾城之愛

　　此詩將臺南億載金城的形狀縮小如一手掌，巡行其上如走過掌上的「智慧線」、「生命線」、「愛情線」，既思古又寫今人之情，既調侃古人的天真（城何曾憶載），又憶與伴侶既長又綿延的愛之旅，與仲夏的辛苦步行相互交錯，寫出了愛之不易與可能。

　　而〈快樂頌〉一詩最能說明他與妻子日日面對的湖光山色，那是他們一生共築的愛巢的一部份，如中間兩段：

就像交響樂團演奏前幾分鐘
全場目光都凝聚在
指揮棒的尖端
靜候魔棒一揮

那破曉鳥聲　一串抖動的顫音

劃破了序幕

便忘情地揮毫演出

黃金旭日叫醒所有生靈

閃亮的音符躍動大地

繽紛的感官燃燒

在宇宙交響飛揚著

頃刻間　將晨霧驅盡

「指揮棒的尖端」其實在他手上，他的筆就是，因有了筆，
一切都被重新安排了秩序，包括他的情愛也在「快樂頌」歌詠的
範圍內。

一個即使「腰椎被切斷重接後」，痛苦躺在病房七個月卻依
然能寫出一本詩集的人，其生命力之頑強恐也是其情愛能綿延不絕
的原因，〈詩想〉一詩中說在病痛中寫詩「已是詩人唯一能夠的勃
起」，而且：

一首詩通常都從

最美或最苦的一句想起

從怨懟轉為熱望

由痛苦變成感恩

病痛中　滿紙孤獨和絕望

只沉澱出幾行浪漫的詩句入袋

如此，經營詩句成了救贖病痛的方式，一如培育愛情成了經營婚姻的必須方式一樣：「愛情有如一塊堅硬的文玉，一生的愛要用一生的時光去雕刻，一世的情，要用一世的光陰去琢磨，才能完成一件精緻藝術的愛情，成為情人的典範。」張氏的用心和努力不得不令人敬服。

到末了，張燦文終於明白：「夫妻相處之道的奧妙，就在於：兩個人合為一體，但仍是兩個獨立自由的個體，而非誰屬於誰。」因此在〈結婚五十週年慶（二）〉一詩中他說：

我們的愛　彷彿日潭與月潭
一在東　一在西　各擁一半的世界
每天陰陽和合　在最深沉處
任雲雨在水波上描繪不同的畫面

一加一要大於或等於二或三而非小於二，這是說說容易、實踐卻既難又耗掉一生漫長的歲月，因此張氏又說：「不要吝於表達心中的愛，因為，生命常只在一瞬間；也才發現自己總是老得太快，卻聰明得太慢。」這是他兩人各自在生死大關走過幾回後的心底話，自是人生名言至理。他的〈感言〉生動地傳達了這樣的生命體悟：

所有的感言都已想好
淚水也已啟程
明明一生只愛一人
上臺時　卻忽然忘記

我們是怎麼一個開始？

在那古老　不再回來的歲月

　　這段詩的二、五、六句雖有席慕蓉的小小影子，但揉入自創的
一、三、四句後，卻表達了一個走了長長一段流水人生後、快到達
出海口的人對生命至深而有智慧的領悟。

　　沒有人會為別人記得他身子在溪河上的倒影，只有與你我牽手
行過的人才會深刻地記得，還可能相互指指點點，因為在那時會同
時感受到「快樂就會像氣泡，一個接一個向你報到；幸福也會像漣
漪，一圈接一圈向周圍擴散」，而人生一再等待的，不就是這樣的
時光嗎？張氏在這本詩文集中為我們宣示了「愛要及時」、「握緊
愛人靈魂尖端」的一些範例，也為我們展示了如何在流水人生中倒
影的方式。吾人豈能不衷心嚮往之呢？

2015年10月

泡開生活，沏出詩：山林張氏的避俗之路
——山林《企業家生活詩集》序

如何「避俗」是山林張氏晚境所尋之生活旨趣和處世哲學

　　清晨幾隻藍鵲自雲端降臨窗前枝枒上，開始鬧鐘般此起彼落漬漬漬漬叫窗內主人早起。這時攔在他窗前的燕子湖晨霧，正漣漪似漂盪著，偶爾飛起幾隻白鷺鷥，像自湖裡射向天空的白色浪花。右後方的二龍山是窗框裡匍匐著乾冰霧靄的小盆景，如古典女子梳妝時自髮髻後拿下插在上頭的一排玉琉璃梳子。下午太陽強烈時湖泊是放射白光的水晶，令人不能逼視。到了夜晚，星星會三五成群掉在茶杯裡，而茶墊下就墊著遠方人家稀落閃爍的燈火……。

　　而日日默默微笑坐在窗內看著這一切的不是別人，正是這本詩集的主人，山林張氏是也。集內的每首詩每一個字都是他沾著燕子湖的水寫就的，每一齣詩的意象都是晨光暮色在他眼前自動演出後甘願滴落在他的稿紙上的。他來此定居三十載，雖然年近八十，白日仍要驅車下山，入城當一名無法不參與一連鎖集團、指揮千餘名員工的企業家，但清晨和夜晚他卻是眼前四周這片廣大山林水色的飽覽者，每條曲折步道小徑的散步人、踩踏家，他的詩就是他的腳印、眼見、耳聞、和心思所感所觸所得，而情一字是這一切的中心。

他的詩不追求時髦、奇異、詭譎，也排斥晦澀、典麗、和巧變，日日但隨天光霞色自自然然渡湖來渡湖去，「自然」一味成了他的最愛。此集首卷第一首〈日出〉，即可見証本序文上述二段所寫：

　　朝陽高舉火炬
　　從二龍山頭
　　射出萬丈光芒

　　滿天殘星和西月
　　瞬間不見蹤影
　　上山收空氣的企業家夫妻
　　已突破嵐霧登上菜刀崙山肩

　　詩中的二龍山在詩人居所燕子湖的對岸。而菜刀崙山則位於湖泊此岸詩人住宅松林路之後頭，沿成功路向上蜿蜒而行可至，其後有標高五百米至七百米的四寮山、向天湖山等。詩中所述是晨起甚早的詩人夫婦登菜刀崙山後，回望所來徑及遙看日出二龍山時所見景象。「滿天殘星和西月」代表作者在曙色未開前即起床走山。「瞬間不見蹤影」說的是日出收復天空只是一頃之事，「上山收空氣」有趣味性兼反諷山下空氣值得疑慮，「收」字用得極幽默。「企業家夫妻」既是身分表白、兼不敢自稱詩人、又有自信是一方人物之意。末句「已突破嵐霧登上菜刀崙山肩」，「突破」二字代表年歲已大，登之不易，又能堅持而終有所獲，其輕易也僅如穿越嵐霧而已。此詩僅七行，寫來輕鬆自如、簡潔清新，有種豁然登

頂、眼界突開的快意，又兼有夫婦攜手、暗夜終去，人生至此又有
新局的隱喻。

此山居也是他抵擋外界干擾、澄清濁世糾紛之處，比如：

今夜的月娘
忘記刷牙
竟然是黃色的

對岸二龍山上群樹
正伸出枝枝椏椏的牙刷
幫她刷去
中國大陸入侵的沙塵暴

（〈沙塵暴〉）

同樣是「對岸」，隔著燕子湖較近的二龍山就足以抵擋較遠的
大陸入侵的沙塵暴，則「忘記刷牙」的天象，自有「群樹」「伸出
枝枝椏椏的牙刷」，極易刷淨一切紛擾。或謂「有道之士，貴以近
知遠，以今知古，以所見知所不見」（《呂氏春秋‧察今》），正
是所謂「以一知萬，以微知明」（《荀子‧非相》），此詩景象所
寓，即是山林張氏對塵務濁世的「避俗之道」。

詩人所寫雖有時為近身事物，看似小景小物，卻都隱藏了宇
宙吸斥互動之力於其中，雖微毫數語說一事或一物，卻自有與「四
面八方」之事事物物相繫相連之道。山林張氏極擅長「能近取譬」
（《論語‧雍也》），既隱藏他的「避俗妙法」，又兼「不避」他
一生精通的「企業家精神」，一避一不避，又皆不能過頭，其中拉

扯必須能「若即若離」，而對待事、物、人「若即若離的藝術」，其實即詩道之所在。因此「大自然」與「都會」成為他往來對比互動的兩端，皆「入」又皆能「出」，這亦是山林張氏三十年據坐二龍山下、燕子湖畔俯瞰臺北城而得成為詩人之道也。

因此小到一般人少予理會的「草皮」、「晨露」也自然成了他在城中據案處理凡塵俗事的領會和比喻對象，比如與企業較「即」的詩例：

> 如同企業經營常修剪缺失
>
> 新剪的草皮
>
> 光禿禿的
>
> 苦旱忽遇甘霖
>
> 土裡的韓國草
>
> 似足球賽般強悍
>
> 爭先探出頭來
>
> 頂球
>
> （〈韓國草〉）

此詩藉「韓國草」、「企業經營」、「足球」三者互比，以此寫出作者在生活中隨手拈來無非皆是「避俗」之法寶。題材是「韓國草」，卻明喻「企業經營常修剪缺失」之必要，這是他經營企業步步為營、重視小缺小失、細節即是「一切之顯」之道。而草皮「修剪」後，方易觀察新生草芥之生機和活力，其競比竟有如「足球賽般強悍／爭先探出頭來／頂球」，甚易看出檢討缺失後、提出如何改善之人的創意和企圖心。如此在「事」（企業）、「物」

（草）、「人」（球賽）之間互動，藉「物之生機」（小／外）寫「事之成長」（大／外）如何與「人性之進取」（心／內）息息相關，正是形象鮮明、活潑、「能近取譬」之極佳示範。

而與企業看似較「離」的詩例，比如：

> 早晨的露珠閃耀著
> 像幼兒的眼睛般可愛
>
> 為捕捉晨露跳動的音符
> 企業家把微笑交給早晨
>
> 花是無聲的音樂
> 散發一股愉悅的表情
>
> 閃亮的露珠確實美麗
> 消逝
> 又是另一種美麗
>
> （〈晨露〉）

詩中提及的「露珠」、「幼兒眼睛」、「企業家的微笑」、「無聲花」雖是四事物，卻同是直指「美麗」、「閃亮」、「愉悅」，皆極易「消逝」，看似與「企業」相離、無關，其循環來去、成住壞空卻無不相似。末段即是領會，「消逝／又是另一種美麗」，將終無所得視為美，說說容易、臨場卻難，轉換觀念至少是一開始。因此才能明白以情為中心的人生必然要時時面對「消

逝之美」，一如其他詩作所寫：「所有的了解都是誤解／她的離去才是永恆」（〈誤解〉），「以情為籌碼　穩賺不賠／無論輸贏都無怨無悔／／因為從一開始／就未曾打算／將付出的真情收回」（〈賭注〉）。

乃至「微笑」亦常是若即若離的「消逝之美」（括弧內文字為筆者另加）：

> 愛人的微笑在心湖
> 漣漪把企業家圈在湖心裡（若即）
>
> 愛人的微笑在荷葉上
> 滾動　始終找不到定點（若即／若離）
>
> 透明難以觸及（若離）
> 讓人期待（若即）的拋繡球（瞬間／若即／若離）啊！
>
> （〈微笑〉）

「微笑」、「漣漪」、「荷珠」、「拋繡球」四者均集中在「短暫之美」上，以是才能扣人心弦，其不可掌握也如另一首所言的詩之靈感和半夜螢火：「暗空驚鴻一瞥的螢火／晃如飄忽不定的靈感／厝在手電筒的追尋下／消失無蹤」（〈流螢〉），山林張氏「避俗之路」竟與「消逝之美」、「詩之道」均同，都站在若即若離、終不可觸及之同一地平線上。

如何「避俗」是山林張氏晚境所尋之生活旨趣，乃至人生重要生活形式、方針、和處世哲學。避居山林，只是其踏出的第一步，

寫詩則是他近十年最重要也是最後一步。但對一位一輩子在商場叱吒風雲的企業經營者而言,寫詩顯然非他年輕時本意和志業,晚年卻以此為興趣,並領悟到「無詩令人俗」(〈生活寫作〉)究竟與人生旨趣、任何事物之終極所指方向相通。於是就不必處處苦尋詩,他發現只要「泡開生活」,就可發現其中有詩、能沏出詩味詩香來,以是「如何泡開生活」比「如何沏詩」更重要,前者是因、後者是果,這成了他日日的功課,這功課是他自訂的生活標竿:

　　每天把愛妻和老人茶
　　一起泡開
　　沏出濃香芳韻

（〈黃昏之愛〉）

　　他發現從身邊最親近之人著手,是最簡易不過的事,如此把愛妻和老人茶互比,舊人於是有了新味。如〈黃昏霞色〉就借景寫情:

　　偎依濛濛的湖濱
　　靜賞黃昏霞色
　　夕陽燒紅夫妻臉

　　當白晝在湖中老去時
　　企業家伸手
　　把黑暗的幕帷拉下
　　對岸山頭

竟亮出月光來

　　此詩寫晚年夫妻相處、面對老境的方式和心情。「偎依濛濛的湖濱」寫夫妻老境相待方式，「夕陽燒紅夫妻」既言當下暮色之美亦說歲月催人，「白晝在湖中老去」宛如說「鏡中朱顏改」，伸手「把黑暗的幕帷拉下」是化被動之人為主動之手，有勇於面對之意，「對岸山頭／竟亮出月光來」，這是意外的轉折。說的是撤退不如迎向、有「向死而生」的意志和坦然。

　　又如〈放風箏〉：

　　　　企業家的身影越飛越遠
　　　　一顆心彈得老高
　　　　把希望拉成好長好長
　　　　都看不見愛妻了……

　　　　細細一線成無線
　　　　還是被
　　　　──緊緊遙控著

　　說的是人在自由逃逸（離）與甘心被牽繫（即）之間互動，乃人生之大課題。又如他以「落花之美」、「樹之生長方向」寫人生，以「所見」知所「不聞」：

　　　　我聽到了
　　　　落花（死／離）的聲音

那是很細很細的銷魂讚嘆（喜／即）

我聽到了
樹的嘆息聲（活卻感嘆／即）
它的方向老是由風決定（無可如何／離）

（〈聽到了〉摘句）

　　消逝不可免，卻也值得「銷魂讚嘆」，誕生及成長常由「天擇」，「最適者」即能聽聞其中「很細很細」的隱含深意。
　　而待在何種「俗世」皆由「天擇」，人無從選擇、也逃脫不了，「最適者」不是「從俗」，而是明白「如何避俗」而又「不離俗」，此與「如何泡開」俗世生活的眼光和實踐力有關。若能由其中看見或聽聞「一瞬之美」其實無處不在，則可知拒斥之間「若即若離的藝術」，即與「詩之道」完全吻合。
　　最後可舉〈湖口的黃昏〉為例：

夕陽總是誇大
他丟給湖口的色彩

拉長我修長又修長的投影
伸展又伸展複印在老街上

我踩著自己的影子
向前捕捉鏡頭

「湖口」是新竹地名，以老街舊建築聞名，夕陽中更見滄桑。此詩一、二段以湖口老境與詩中「我」互比，「拉長我修長又修長的投影」，有陰影伴隨夕陽而至，也即是歲月中被「誇大」的「湖口的色彩」，再精彩也只是暮色這一刻。即使如此，那又如何？「我踩著自己的影子／向前捕捉鏡頭」，意即何必被「自己的影子」嚇到，「向前捕捉」其中奧秘即可。詩僅六行，人生處境和生命意志即在其中。

山林張氏因豐盛的生活歷練和無窮的活力，詩提筆即書，因此詩作源源不絕，十年如是，筆者作為一位先行者，都自嘆弗如。當然並不可能首首皆到位，再傑出的詩人也不可能如此，但那又如何，自當勇壯行去即是。當讀者在某些詩中有所感動有所得，即是一種完美一種完成。山林張氏在「避俗之路」上以詩完成自身，而且老當益壯、事事用「心」，方能在每首詩中發現「泡開生活，泅出詩」為何等輕易之事，從未覺疲倦為何物，實值後起的愛詩人作為借鏡。

2017年2月

走向小詩天下
──林煥彰主編《十年,才開始: 泰華《小詩磨坊》十年詩選》序

小詩磨坊十年的努力,並非一地一域的閉門推磨

　　讀一首好詩如在迷霧中聽到鐘聲,令人在茫然中突地警醒,心理上暫獲支撐。又如在半夜中看到流星,眼睛和大腦一瞬間被點亮,有懊惱也一時暫忘。或如走過井邊,偶然瞥見井底飄過一朵清亮的雲,迷人又說不出它的形狀。它們都有個共同特點,短而特殊、一瞥或一記,即令人印象深刻、如獲得什麼啟發。

　　詩從日常語言出發,卻又是抵抗著日常語言的,從塵土裡站起來,又睥睨著塵土的。詩語言因此崇尚簡潔和不俗,像荷葉掌上滾動的露珠,正對比了世間事物的煩瑣、冗長、平凡和易朽。

　　當一個13歲的初一學生在聽了一堂新詩演講後,寫下一句簡單的比喻:「時光如同你永遠摸不到的飛鳥」,此後,詩就是他心靈天空中經常盤旋的、可見而不可摸的飛鳥了。每個人心中的某一階段或某一刻,都曾等待過這樣的飛鳥、乃至看過這樣的飛鳥,振動著或長或短的雙翅滑過髮邊、或眉間。

　　這十年,對泰華詩人而言,小詩,尤其是六行詩此一形式,就是這樣不時滑過他(她)們髮邊、或眉間的飛鳥,是生活迷霧中的

鐘聲、是夜裡抬眼常常可以抓個正著的流星、是不時飄過窗邊的一朵清亮的雲。而始作俑者,是自2003年主編世界副刊即奮力支撐此一形式長達十餘年的詩人林煥彰。

林氏從臺灣跨地域到東南亞和兩岸,又跨界於詩於畫、童詩成人詩兼擅長,並常將自己和他人詩畫、攝影、書法、新詩古典詩相容於他主編的《乾坤》詩刊、自建的網路FB和部落格上。泰華詩人們則除詩外,多能兼擅散文、小說不同文類,或擅長書法、繪畫、篆刻、乃至導演……等不同藝術形式,小詩磨坊的眾成員視野顯然比純文字創作者寬廣許多。在他們身上,我們看到了「新詩四性」實踐的可能性。

「新詩四性」是筆者對當代新詩在表現形式的發展上評估其走向而提出的四項特徵:一是兩極性,二是互動性,三是跨界性,四是全方位性。二至四項乃後現代社會開放性的必然趨勢,過去認為的個人專業性迷思被打破,跨領域成了當紅議題,而且不排斥一個人可以獨攬各項能力、也歡迎一群人共同跨地域跨媒介合作。新詩於此跨領域的趨勢裡並未居後,也同樣正在進行式中。

但其中,當前最值得討論,且與小詩磨坊諸成員所一直堅持的,即上述第一項的「兩極性」,尤其是詩之「長短兩極性」發展中,選擇的創作形式不是走向「詞費」的長詩方向,而是向「詞省」的小詩方向靠攏。

詩形式的推動本來就不易形成共識,常需有先見者在前衝鋒,跟踵者前撲後繼、響應者此起彼落,最終形成眾創作者的共識,方可畢其功,但何其難也。而這些年來,除了小詩磨坊諸君外,小詩一直未能形成華文詩人創作的主軸和詩壇普遍的創作風氣,畢竟是事實。唯小詩的互動力、感染力和影響力要到了2014年,才隱然形

成一股不可忽視的氣勢。

因此小詩磨坊此一華文詩界唯一堅持十年的小詩集團，或可以從四方面看出此一文體形式運作的特殊意義和影響：

一、是對當前時空環境即時互動和反應的意義

小詩的趨向在資訊大爆發的環境中反而更易夾縫中求生，在有限的螢幕空間中獲得一定的曝光機會。尤其近十年先由電腦走向筆電，再走向平板和智慧型手機，由網頁（web／微博）走向部落格（博克）再走向臉書／LINE／推特……等等互動功能即時功能越來越強大的趨勢中，文字的生存空間遠遠不如泛濫的影音大潮的影響力，但越是精簡、醍醐灌頂的語言、尤其是詩，反而可與影音搭襯演出，獲得一定的展演手腳的機會。這也是為什麼「散文詩教主」的商禽（1930~2010）於76歲時（2006年）要說：「每一個詩人大概最終的願望，就是做一個畫家兼導演，把聲音、形像、色彩全部表達出來。」他的意思是在一個「全方位時代」，詩人要不想辦法把自己「全方位化」，要不也不能在時代大潮中讓詩缺席。小詩磨坊的努力，就有要想方設法，擠進、參與這樣的時空環境，即時與之互動。

二、是歷時的小詩傳統承繼的意義

二〇、三〇年代冰心、宗白華受到日本俳句、印度泰戈爾影響掀起的小詩寫作，沒幾年就沒了蹤影，此後提倡或以小詩為創作主力的詩人微乎其微。要到1979年羅青編纂《小詩三百首》後，才獲

重生，零散在1949年前後的小詩殘簡再得出土。但他的十六行小詩上限始終未獲認同，自己也很少創作小詩。倒是臺灣在小詩的推動中，也曾引發過海峽對岸對小詩的注視，但力量仍極微弱，「七八十年代以來，臺灣現代詩界又推動過一次時間較長的小詩運動」、「大陸詩界隨之續接了這一小詩熱潮。詩人粥樣選編了《九行以內》，楊景龍編印了一本《短章小詩百首》。2006年，山東一家出版社印行了詩人、詩評家沈奇編選的《現代小詩300首》」[1]。粥樣就是主張「M形式」的選擇：「要嘛靠近讀者」（九行以內）「要嘛靠近專家」（九百行以上）的大陸詩人。其可能原因則是：

> 及至上世紀八十年代，先行遭遇大眾消費文化「洗劫」的臺灣詩歌界，面對現代詩的「消費」空缺，開始關注和提倡小詩創作，以求親近讀者而改善現代詩的「生存危機」。而上個世紀九十年代以來的大陸詩歌界，急劇先鋒導致急劇自我邊緣，是以近年來，大陸詩學界也出現小詩創作的提倡者，主張以古典詩歌的「簡約性、喻示性」等，先對現代詩歌的外在形式進行約束，使其既直擊人心又親和可近。[2]

　　上面引文是說臺灣挑起小詩運動是為改善「現代詩的『消費』空缺」和拉近讀者以免有「生存危機」，這只達到1979年羅青編選《小詩三百首》最大目的的一半：「一是為了引起讀者對小詩的興趣，然後再從小詩走入更深廣的白話詩世界之中；二是為喚起詩人

---

[1]　呂剛，〈詩的小與大〉，2014年12月2日新浪博客，見http://www.weibo.com/p/2304184ce10d950102v918

[2]　孫金燕，〈「如何再短一點」——評洛夫的詩〈曇花〉兼談小詩〉（《華文文學》，2010年第1期）。

對小詩的重視，然後再從小詩出發去建立一個更豐富的白話詩傳統」，如今看來，很可惜，第一個目標要等到小詩磨坊努力多年後，才慢慢有了回響，唯事隔三十餘年，離第二個目的仍有相當距離。而小詩磨坊的努力就是歷時地承繼這個小詩運動最具衝鋒精神的實踐群。

三、是並時的跨地區互動影響的意義

就在1997年筆者主編《臺灣詩學季刊》第18期集稿「小詩運動專輯」之前，1995年大陸詩人雁翼就出版了《雁翼超短型詩選》，1996年重慶《微型詩刊》也誕生，把微型詩（1-3行，50字或30字內）從小詩中分離出來。2004年5月《網路微型詩論壇》把微型詩推向網路媒體集中進行創作和宣傳，2004年11月《中國微型詩網站》誕生和2005年1月《中國微型詩》（詩刊）創刊。其後陸續有《微型詩》共出版了70期（1996-2007）；《中國微型詩》（詩刊）共出版13期（2005-2008）；《微型詩潮叢書》個人微型詩集30冊（1997-2002）、《華文微型詩叢》個人微型詩集4冊（2004）、《微型詩存》（一、二、三卷）（2001、2005、2007）、《微型詩500首點評》（穆仁主編，1999，重慶出版社出版）、《微型詩精品百首》（郭密林主編，2007，香港天馬出版）、《中國微型詩300首》（蒼山一畫編著，湖南人民出版社）、《中國微型詩萃》（第一卷、華心主編，2006，香港天馬出版）及個人微型詩集9冊（1998-2008）、《微型詩話》（穆仁編、2004，香港天馬出版）、《滴水藏海——當代微型詩探索與欣賞》（寒山石，2006，中國圖書出版社出版）、《微型詩論探》（寒山石，2009，現代出版社）

等等，可說熱鬧非常、琳琅滿目。

呂進在主編《中國現代詩體論》（2007，重慶出版社出版）時，還在第四章花了約5萬字專章論述微型詩，包括「微型詩的產生和發展」、「微型詩的文本特徵」、「微型詩的創作和鑑賞」等三節，將之視作一種獨立的詩體，可見得大陸在微型詩體的建構繳出了一定的成績。在此，一般仍是把微型詩視為小詩的一環，其更易著手、更具庶民性，也無庸置疑。

即使如此，但到2013年為止，臺灣的小詩出版物只零星出擊，數十年中為數眾多的新詩獎也從未有正式徵求過十行以內的小詩獎。於此可見，在新世紀以來，臺灣在小詩運動的努力上還呈落後大陸之勢。臺灣徵求詩創作獎是從早年徵求千行詩、一路「降行」到徵四百行、兩百行、到六十行、五十行、四十、三十行，可說如瀑布直泄，一直要到明道文藝徵求國中（初中）新詩獎以十五行為度，已是極限了。只有回過頭仍要等到《臺灣詩學季刊》2014年徵求十行以下及百字內的小詩獎，還聯合了臺灣的《創世紀》、《乾坤》、《臺灣詩學》、《衛生紙》、《風球》包括老中青三代詩人的五大詩刊及《文訊》雜誌等共六個刊物，於2013年12月15日即聯合發起「2014鼓動小詩風潮」運動，接連出版了八冊「小詩專輯」才略能跟上。這是臺灣自有詩刊發行以來，從未有過的「大集合」和「聯合行動」。而臺灣「2014鼓動小詩風潮」運動的背後直接影響，即是林煥彰先生與泰國「小詩磨坊」和他們帶起的刺激開的端、引的火，然後因頻繁交流終於「回擊」臺灣所致。

大陸方面也因東南亞尤其是泰華小詩的出眾示範，乃有《詩歌月刊》在2014年7月至10月號分別刊出了「東南亞小詩大展印尼專輯」（刊出卜汝亮／蓮心／葉竹／北雁／沙萍／符慧平等的作

品）、「東南亞小詩大展新加坡專輯」（刊出林錦／周德成／郭永秀／曦林作品）、「東南亞小詩大展之泰國專輯」（刊出曾心／嶺南人／楊玲／博夫／苦覺作品）、「東南亞小詩大展泰國小詩磨坊特輯」（刊出蛋蛋／曉雲／晶瑩／林太深／莫凡作品）。在2014年的《華文文學》上則有泰國曾心寫的〈新詩體「創格」的嘗試──以泰華「小詩磨坊」的詩為例〉（2月，頁114）、沈玲〈詩與思──菲華著名詩人雲鶴詩歌研究〉（3月，頁83）、沈奇〈瞬目苔色小詩風──《磨坊小詩》2014序〉（4月，頁50）。而《名作欣賞》則見到〈《名作欣賞》《華文文學》《詩歌月刊》三家聯手舉辦東南亞小詩大展〉（2014年10期）及吳昊及孫基林〈現世情懷與彼岸梵音──論泰華小詩〉（2014年22期）二文。可見得泰華一地之詩壇風氣，用力一深，對他地詩壇之無形影響終究有逆流、回饋的可能，這是泰華詩人並時的「跨地區」、「跨時空」對其他地域的重要影響，其推波助瀾之勢仍在延展中，後續效力當非原先成員所能預知。

四、是對小詩極簡形式和其內容重予審視的實驗意義

　　小詩磨坊諸君所實驗的，雖未必服膺二次世界大戰之後60年代所興起的藝術派系：極簡主義（Minimalism），卻多少有那種對過度走向表現主義、無限制使用大量辭彙、比喻、意象，以致無法節制的呈現形式，踩了剎車。並朝向它的反面，也就是最原初的物自身或簡易形式走去，意圖消彌作者過度揮灑而對讀者意識造成壓迫感。因此文辭限制在六行內，極少化了文辭，等於部份開放了作品想像空間，讓觀者自主參與對作品的建構。此與生活的簡約、去掉

沉重甚至是超重的行李、擺脫過度傢俱的堆疊，求取簡單的生活，享受簡單帶來的美好和輕鬆，意義頗為類似。亦即在詩中認真去思考自己到底需要什麼。減少後，才能看得見「重要」。

　　小詩磨坊成員十年來由八位增到十一位詩人，創作了二、三千首小詩，多以六行為度，卻也不排斥採用三行四行五行，在形式上雖然極簡，但對分行分段也多考究、多加試驗，比如採用六行時，則有時三三、有時二二二、有時五一、有時三二一、有時三一二、有時四二、有時二四行，這與時下許多詩人長長數十行仍不分段的形式大相逕庭。由此看出詩行的極簡帶出的，反而是用詞的謹慎，留給讀者更大的思索空間。比如曾心的六行小詩〈撐杆跳高〉是二二二的三段排列：

　　　一個「，」
　　　彈上雲霄

　　　一個「！」
　　　從蒼天降落

　　　橫空的「－」
　　　頓時開了口

　　一如曾心所說：符號比文字更直觀，更形象。「開了口」三字像抿住成「－」字形的唇張開，容許物質落入，一如人從橫竿翻過後掉下去，相當形象地表現了撐竿人的技藝。因此可以用「，／！／－」代表眼中所見，文字反而無能為力，但讀者心領神會其過程

為何，這是標點符號與文字合作的絕佳示範。

林煥彰的〈雨天〉則是五加一行的形式：

> 一口老甕
> 裝著全家人的
> 心，放在屋漏的地方
> 接水
> 彈唱一家人的
>
> 辛酸……

詩的第三行，將本是第二行尾詞的「心」字置於開頭，反而感受到漏水掉下處為「心」而非老甕。末尾用彈唱方式表現一家人的辛酸，真的就不只是辛酸而已。

泰華詩人的老大嶺南人的〈孤獨的筷子〉說的是海外第二代第三代無力可挽回的在地化：

> 一家，三代同桌晚餐
> 餐桌上，八對刀叉一雙筷子
>
> 桌上，擺滿燒雞、沙爹、海鮮酸辣湯
> 清蒸石斑魚，青菜豆腐
>
> 不會用筷子的子女，
> 夾不起漢菜的芬芳

前四句多用名詞，為敘述或記錄事實，末二句為批判句，使前列刀叉對筷子、沙爹對豆腐的矛盾，得到一攤牌，說明了做為一雙孤獨的筷子或海外老一代華僑的苦楚。

　　博夫的〈我的腳〉也一如嶺南人筷子的孤獨感，非常不習慣華人氣質的被遮被掩，六行中採用三一二的形式：

　　　我的腳是中國的腳
　　　從家鄉的泥土裡拔出來後
　　　一直在許多國度的皮鞋裡不見天日

　　　每年回國都要到故鄉小河裡洗一洗

　　　只想讓小河的記憶裡
　　　永遠有這雙男人的臭腳

　　末兩句說的是「小河的記憶」而不是人的記憶，更突顯了鄉情的濃重和難以割捨。

　　楊玲的〈孤獨的月亮〉是藉自然景物寫個己心情：

　　　晚風中
　　　星星和燈光在眨眼

　　　只有孤獨的月亮
　　　找不到伴侶

請開個郵箱

我夜夜給你寫信

　　詩中的星星在天，燈光在地，均不會是單獨一個，反而可能是成群結隊的，只有月亮才是孤獨的一個，說的雖是月，指的反而是內在的孤寂感。末兩句輕鬆有趣，突地出現，非常有現代感，而且與今日常人習性極近，反而有種親切感。她的〈沉重的思念〉、〈朱熹書院〉二詩也都有這種效果。

　　此外，如苦覺的〈別〉：

你走的時候，下著雨

我把牆上掛了多年的帽子

給你

在原處的釘子下

我發現，還有頂

取不下來的白帽子

　　說的不是真有「取不下來的白帽子」，而是牆上的印記，一如心中的印記，一時半載難以消泯。再如曉雲的〈暗戀〉：

住在我心裡

你從不交租

下筆吧
我要做你的一顆牙
我難受
你也疼痛

「交租」喻情，甚是奇想，第二段一轉，反主為客，要當一顆
蛀牙住在對方嘴裡。像是隔世的報復，卻是直指相思的磨人、難以
忘懷。

蛋蛋〈距離〉一詩又是另一種寫法：

山與水的距離
用雲來丈量
心與心的距離
讓時間去丈量

走出一步就遠了
再走多一步便近了

末二句甚有哲意，一但起意走出，一步即遠，但若起意走近，
一步不足，再一步便近了．寫出了人與人的之間互動的微妙關係。

其餘如今石的〈大象〉：「落下的腳／懸在半空／／凝固了／
／一隻黃絲蟻／淚流滿臉」充滿了強者與弱者互動的同理心，隱喻
也批判了世間弱肉強食的現象。晶瑩的〈江岸上〉：「本欲隨波逐
流／卻被浪花拋到了岸上／／吐出腹中紅豆／在江邊種出一片森林
／自此──／我便成了仇恨的始作俑者」，則書寫尋得自我後所遭

遇的情感困境反而難以釐清和化解。曉雲的〈前世緣〉：「那艘叫思念的船／載著我／擱淺在滄桑歲月／／一隻銜著前世緣的蝶／落在船頭」，末二句使詩有了極大的想像空間，乃至富有故事玄機。莫凡的〈別〉：「在　機場／在　碼頭／在　車站／／因為你／淚水在承襲著一個／遠古的擁抱」，詩中的「你」像是直指「別」是一隻專門拆散情感的精靈，自古迄今，到處看見他的出現，既哀傷卻又有久離前溫馨的擁抱畫面，令人不勝唏噓。

由上引諸詩，可以讀出泰華小詩磨坊諸君內在情感是如何的澎湃、綿延卻又極端克制，展現時只使用簡約、有意味的文字，不過度鋪張意象或隱喻，以兩段或三段形式分隔有限的行數，使之有呼吸空間、或拉寬拉開彼此關聯性，讓讀者想像力也可參與。

小詩磨坊十年的努力，並非一地一域的閉門推磨，其整體呈現的作品和實驗精神、在極簡形式上所呈露的豐富題材和內容，正可提供其他華文詩界再作思索和參酌、乃至展開嚴肅的學術討論和研究。

未來一朝走向小詩天下時，小詩磨坊這十年的磨礪過程就更當是值得大書特書了。

水過無痕詩知道

戰火的回聲
——林小東主編《越華截句選》序

從戰火回聲中汲取出的詩作，可能是一顆滾動的心臟或頭顱

戰火使越南與高棉一度成了全世界媒體最炙熱的焦點，有好多年幾乎燒紅了所有讀報和望著電視螢幕的眼睛。越南因為越華詩人的存在和命運的顛簸，比高棉更引起臺灣詩壇的關切，這是何以迄今臺灣詩人中來自越南的尹玲、方明，與越華詩人間始終有著千絲萬縷的繫連，他們詩中也貫穿著揮之不去的創痕、戰爭陰影、和對家園濃烈的鄉愁，間接也牽引了臺灣詩壇的關注。

如今時過境遷，社會主義與資本主義的百年爭執從政治社會轉移到民生經濟上來，一切向錢看的資本主義挾帶強大的科技資訊和民主力量好像略勝一籌，不可逆的歷史爭端回頭看去簡直就像是兩頭超級大象相互踩踏、老百姓卻無辜遭殃的一場荒謬劇了。

幸好，詩的交流溝通始終走在前頭，從大陸到東南亞都一樣，因喜好華文文字之美的共通性，詩人互動的頻率遠勝於小說和散文作者。且透過網路的臉書、微信、部落格（博客）等的網狀式互動，對此種交流更是如虎添翼，加上近幾年詩的「微化」順應普世行動裝置的方便性，快速地獲得響應，各種小詩、截句試驗紛紛上網，這也是各國華裔截句選得以短時間成書的主因。

此《越華截句選》中與戰火的傷痕和記憶有關的詩不少,比較明顯的如:

〈越戰當年〉／陳國正

一排排沒有魚尾紋的墓碑
整整齊齊站著
夜夜
用風刮著身上致命的彈片

「沒有魚尾紋的墓碑」多半是指年輕戰死的士兵,也可指年少未及變老的百姓,即使以再上等的材質打造的光滑墓碑,排得再整齊,也無法起死回生。「夜夜／用風刮著身上致命的彈片」這兩句極具震撼和傷感,表達了死於戰火之人的痛苦和不甘,風當然刮不去彈片,只會在地下同歸腐朽。因此不單指死者,亦指活者身上插著眾多致命的記憶,連接著不知多少冤死之人。那種痛,作者只用四行就呈現並記錄了令人動容的驚心畫面,這就是詩的力量。

下面過客這首詩則是死裡逃生的親身記錄:

〈卒中餘生〉／過客

三月陽春一聲悶雷
我轟然倒地
閻老五認識敝祖上鍾馗
賣個人情,把我悄然放回

前二行是寫自己中彈或踩到地雷或遭轟擊倒地的時間和經驗，末二行則是倖而未死或終能死裡逃生的原因，作者卻用幽默輕鬆的口吻編了個匪夷所思的理由。說自己能不死是因「閻老五認識敝祖上鍾馗／賣個人情，把我悄然放回」，這當然是開玩笑，卻是笑中帶淚的。閻羅王據聞為閻魔十王的第五王，故稱之為閻老五，而鍾馗是唐朝才高八斗、學富五車的進士，但相貌醜陋，因而未中狀元，一怒於金階上撞殿柱而死，算是有骨氣之人，至陰間獲閻王力邀，助其捉妖驅魔平鬼，二人自然交情匪淺。而作者過客本名鍾至誠，說是「敝祖上鍾馗」庇的蔭有何不可？如此悲劇卻有了歷史喜劇的效果了。

　　而將戰火餘波的傷痕和記憶隱藏不露，或明明早被時間理葬掉了，卻可能被勾引出來，或有時半夜驚醒又只能獨自面對，比如下列這三首：

〈曾經〉／陳國正

　　你嘻哈擁有曾經
　　我微笑擺脫曾經
　　汗與淚的
　　抽搐日子

〈漩渦〉／梁心瑜

　　不見澎湃沖擊

悄悄然
隱藏一份驚濤駭浪

〈砧板〉／林曉東

我讓你切到傷痕累累
不見一滴眼淚
當你端起滿盤
血肉模糊的昨日

　　陳國正的〈曾經〉在此成了名詞，有人嘻哈高興擁有，我微笑
地將之擺脫。因為我的曾經與你的曾經不同，我的是「汗與淚的／
抽搐日子」，此八字強而有力的將過去的歲月作了壓縮和歸納，尤
其是「抽搐」二字，其本義是四肢或顏面肌肉不隨意地收縮狀。即
抽搐是不自覺的、不隨意的運動表現，本是神經肌肉疾病的病理現
象，此處借用為汗與淚會不自主地抽搐日子，即動不動就回到汗淚
俱下的過去，此種「曾經」當然早想故作微笑地「擺脫」了。
　　梁心瑜〈漩渦〉僅三行，說的不是實際的水流現象，是藉水流
遇低窪激成的螺旋形渦旋，比喻陷入某種使人不能自脫的境地。其
中雖不見澎湃沖擊，卻悄悄然隱藏著驚濤駭浪，指其力度非外表所
能窺見。詩除了題目，其實是說明句，且用了套詞澎湃沖擊和驚濤
駭浪，但「隱藏」二字仍將漩渦暫時停頓的厲害有力地展現。意即
漩渦停頓的當下是過去水流所致，未來會如何發展很難預測，詩意
即藏於此不可知中。

越南戰爭結束於1975年，林曉東出生於1980年，戰爭早成昨日，卻是「滿盤

血肉模糊的昨日」，因此詩題「砧板」若解成「戰場」或更能理解此詩「昨日」二字之意。如此「你」或即戰爭或歷史或即殘酷現實之代詞，而非單指砧板與魚肉的關係。詩中「不見一滴眼淚」若指你，則是冷酷；若指我，或是堅忍之意。詩人借砧板一詞，嘲諷了歷史也批判了現實。

其他的詩人在不少的詩中也多少間接表達了艱困歲月的漫漫長夜，時間卻殘忍地將它們慢慢沖淡，比如：

〈母親的一生〉／蔡忠

每夜
習慣把母親帶著歲月的
滄桑
疊成高枕

〈路〉／鍾靈

足印滿佈深淺遠近
鞋子說：這內容我最清楚
風淡然翻過
沙與塵都不留痕影

蔡忠〈母親的一生〉自然是無限滄桑，詩人卻說自己每夜「習慣」將這樣的滄桑「疊成高枕」。而「高枕」二字會讓人聯想起戰國時馮諼為孟嘗君獻策，令其能「高枕無憂」的典故。此處或有二意，一方面因有母親滄桑歲月的犧牲，方能來到較平靜的日子，可以每夜「高枕無憂」。另一方面也可說是將那樣的艱困日子當作警惕或戒懼，不敢輕忽。詩未明說高枕何指，乃有了歧義和想像空間。

　　鍾靈〈路〉的前二行將人與路的關係以最簡約的句子表達了出來，足印深是用力踩、淺是輕踏、遠是路長、近是路短，四字以空間感隱含了漫長的時間感。而鞋子是足印成形的因，鞋的磨損自是當然，「這內容我最清楚」，是以鞋代人說話，口語得極貼切。末二行是自然與路的關係，自然界的風或沙或塵並不清楚路、足印或鞋的存在，即使留下什麼痕影，片刻後也都離去或消失。本來足印也是如此，踩踏後即難再尋，但人和鞋卻會留意和記得這些路和足印。如此，此詩的「路」就不指旅行，而是指向過往的歷史、戰爭或傷痛，以前後段對比了路或歷史或傷痕在人心中的重要份量、但在自然界的時空中難留絲影，有一過即逝的幻滅感。

　　當然，詩的抒情性不單指向戰火的創痕、回憶和遺憾，尋常日子仍得過，諸多的愛恨情仇依舊糾葛著人心，其中隱藏著更普世的人性。如下舉二首：

〈期待的心〉／小寒

「船還沒來」
燈未亮

人在橋頭獨白

〈離愁〉／小寒

我留在這兒
船走了
心浪仍在橋頭
重重拍岸

　　小寒此二詩以船寫等待和離別，船來船去多像人生諸多事件的
發生，有期許就有失落，船可以是情愛、可以是理想、可以是夢、
可以是人可以是財可以是物，它成了生命中情思或人事物的重要象
徵。此二詩言簡意賅、情境獨造，深得截句精髓。第一首僅十三
字，等待前來的是船，應指船上之人，燈是岸上訊號，船未到、
時間凌遲著等船之人，「人在橋頭獨白」的「獨白」應指昏暗中
的微亮身影，有清寂孤孑之感，創造了一等待未得的寂寞情境。
第二首僅十八字，首句指出「我」的選擇，未隨船離去，船駛開
時浪起拍岸，此處將之虛化為「心浪」，意指「我」的不捨造成
心境起伏，如浪重拍橋頭，離愁乃有一明顯景象可依托而益見離別
之難。
　　截句（4行以下）像所有的小詩（10行以下）形式，易寫難
工，用更少的行數和更少的字，意欲表達相同豐富的內容，難度更
高、剪材更難，留下的空白和想像空間更大，或如下列這首詩所指
出的：

〈截句與絕句〉／浮萍

是兩個在薄紗中
抖動的乳房。
讓讀者忖測摸索
自尋樂趣

　　這是對截句形式的俏皮調侃和幽它一默，把截句若隱若現、不
讓看清又十足誘惑的特性點了出來。而第三句「讓讀者」若省去，
就有些情色了。
　　由上舉《越華截句選》的詩例可以看出，越華詩人的詩藝和才
華，以及現代詩在越戰前後的傳承並未受到太大的影響，戰火的洗
禮反而鍛鍊了他們的意志和靈魂。戰事已遠，仍有強烈的「回聲」
自四方傳來，卻使詩人們擦亮了眼，認知並擴大了歷史的視野、邪
惡的現實和野心，也更具穿透力地看清人性。
　　一般所謂「回聲」（或回音）是指聲音碰到障礙物的反射。聲
波一部分會穿過障礙物，另一部分會反射回來，即形成回聲。堅硬
光滑的障礙物表面易產生回聲，粗糙的表面易散射聲音，而表面柔
軟的障礙物則易吸聲音。戰爭從來不是柔軟的，而大多是堅硬的粗
糙的，因其蹂躪而建起的墓碑和紀念碑可能是光滑堅硬的，時間過
去幾十年、一甲子、乃至百年，餘波和回聲可能仍擊傷一兩世代乃
至三四世代的後人，何況是僥倖存活在世的中老年人？
　　國家不幸詩家幸，《越華截句選》雖均只三四行，卻明顯驗證
了詩人從戰火的回聲中汲取出火燙燙的詩作，是如何地擲地有聲，
因為那可能是一顆滾動的心臟或頭顱！

截句的魔毯
——王崇喜主編《緬華截句選》序

截句是一張語言魔毯，鑽天或入地，端在詩人如何拿捏

2014年，臺灣詩學季刊社主催的「鼓動小詩風潮」，是聯合幾個詩刊及文訊雜誌社，於該年出版了八本小詩專輯、舉辦現代小詩書法展、吹鼓吹詩雅集等，熱鬧了一整年。也就在那年詩雅集的一次活動場合中，認識了來自緬甸的華裔詩人王崇喜（號角）。加上第二年又參與了他所屬五邊形詩社在仰光主辦的東南亞華文詩人大會，從那以後，與緬甸華文詩壇遂有了若干的連繫和互動。所謂緣起不滅，詩的語言魅惑與隱含的精神聯繫，使得臺灣與兩岸四地和東南亞諸國華裔詩人，因詩結緣，因詩而有踩上語言魔毯、願比翼飛翔或良性競渡的共好願景。

而從2017年初臺灣開始在臉書上推動的「截句」，是一直將之視為數十年來小詩運動（被認定是十行以下或百字以內）的一個新契機來看待的。過去小詩運動多侷限在平面媒體上推展，成效有限。截句更簡潔的四行以下，可新創可截舊的規則，使其具備更大的彈性空間，加上臉書的跨國跨區特質、智慧型行動裝置的普及和螢幕顯示方式，以及與聯合報副刊連續兩年合辦多次截句限時競賽，網上網下雙線並進，獲得的回響遠超乎想像。

因此臺灣詩學季刊社繼去年出版15本截句後，今年再度推出23本，此選集即東南亞五國華文截句選中的一冊。各國詩友正好藉助此一小詩的特殊形式相互觀摩，切磋詩藝，實為自有新詩以來的一有趣而可公平競比的「詩形式平臺」。

過去多年來，緬甸是東南亞諸國的華文詩壇中與臺灣互動最少的區域，臺灣詩壇對緬華的新詩發展幾無所知。此回透過主編王崇喜的邀稿和努力，讓我們看到了緬華詩界潛在的詩的實力其實無比雄厚，比如五邊形詩社三位詩人的作品：

〈褒貶〉／號角

黑夜迴避了所有的褒貶
給了影子一個住所，也給了我床

光明的世界啊！
我能從你偉大的口袋裡打撈我的繁星嗎？

〈母親〉／雲角

最後一片花瓣落下
母親紅著雙眼、望著
被一層厚厚的灰塵
覆蓋的門檻，久久沉默

〈傳統下的獨白〉／天角

> 傳統追捕著想跳脫窠臼的人
> 傳統深值人心，百年、千年、萬年
> 傳統是祖祖輩輩口中的老人家
> 我穿越過去，指著老人家說：閉嘴！

號角的〈褒貶〉是對塵世人言亦言的「褒貶」二字的諷刺和調侃，也就是對於世俗價值的不屑和鄙斥，寧可選擇躲開所謂光明世界（偉大的口袋）而安於一己內在的聲音（黑夜）和自我價值的判斷（住所和床）。此詩藉黑夜與光明代表內在與外在，極端的對比，使詩顯現張力，充分展現了在世俗背後（影子）年輕人欲「自我實現」（打撈我的繁星）的決心和信心十足的認知。詩僅四行，卻言淺意深，極富哲思性。

雲角的〈母親〉一詩像一篇超微型小說，寫的是天下母親空等兒女而無音無息的情境和酸苦，卻只以紅著雙眼、望著厚厚灰塵覆蓋的門檻、和久久沉默寫其無言，悲苦之深反而更為顯現。其中「最後一片花瓣」並不落在灰塵覆蓋的門檻上，則此落下的花瓣就非現實之物，而有了多義性，可指期盼的失落、青春年華的虛度、歲月時光的老去、乃至兒女的一一殞落。此句的空間感使得後三句的時間累積有了亮眼的開頭和想像的空間，文字平實卻有推開時空的力道。

天角〈傳統下的獨白〉一詩顯然藉引李敖（1935-2018）《傳統下的獨白》（1966）書名而來。李敖年輕到老皆是個「憤青」，認為年輕人「若要真的振作起來，非得先培養憤世嫉俗的氣概不

可！」、「社會給青年的教育，不該是先讓他們少年老成、聽話、做爛好人。應該放開羈絆，讓青年們儘量奔跑，與其流於激烈，不可流於委瑣；與其流於狂放，不可流於窩囊」，此作秉此精神，對傳統的困縛發而為詩，除第二句外均具詩的筆法，追捕、傳統等於老人家、叫老人家閉嘴等，筆力短而大膽、反抗強烈、兼具調侃。使對傳統有好感的讀者尚不致於產生被忤逆的反感。

2017年才成立的緬甸古韻新聲詩社既提倡古韻也鼓勵現代詩的新聲，現任社長滇楠和該社成員的谷奇的兩首詩可看出此詩社的潛力：

〈鷹〉／滇楠

翅膀煽開白雲
草叢中的鼠輩便無所遁形

居廟堂之高的你啊
我願借你一雙銳眼

〈廢墟〉／谷奇

八根雕花的柱子撐著圓形的屋頂
新郎牽著愛人的手走入新房
一切如此美好
在導彈飛來之前

滇楠的〈鷹〉是一首政治諷喻詩，對在上位者看不見小人包圍身邊（草叢中的鼠輩），不能有銳利的鷹眼，看清事實真相，詩人痛心疾首，卻又無力改變，只能發而為詩，首二句以翅煽雲，有雄偉有力之勢，末句以眼補足，說明非鷹而踞高位，德不配位，百姓豈從不苦哉？谷奇的〈廢墟〉是倒敘法書寫戰爭的悲劇，先有結果（廢墟），然後倒敘悲劇發生前的過程，和發生的瞬間正是新婚之日，導彈飛來，摧毀了一切美好。前三行的散文平鋪，在末行頓然倒轉，詩意乃生，令人驚悚莫名。而這樣的悲劇迄今並未終止，遂有了人類苦痛的普適性，不同的只是武器的差異而已。

　　出生於緬甸抹谷的五邊形詩社成員段春青（轉角），帶領了抹谷地區的華校學生創立「抹谷雨詩社」，其中成員李碧改的作品是唯一收錄於此截句選中的年輕人（1997年出生），他以短句見長，比如：

〈腳步〉

你是一部分
生下來的一部分

〈黑燈下的火〉

黑燈下
光是最寂寞的少年

〈夕陽〉

　　每一句加在劇本裡的臺詞
　　就為了看你一眼

　　均短短二行，卻見思索性，〈腳步〉說的非尋常腳步，而是流浪、走在路上、居無定所的命運。〈黑燈下的火〉的「黑燈」也另有所指，非尋常之燈，而或有鉗制文意，火和光則是抵抗，卻可能只是難獲支援的「最寂寞的少年」。〈夕陽〉本不長，轉瞬即逝，為了使之暫留、能多看一眼，不斷地在劇本裡加入臺詞以延遞之，表面說的是夕陽，暗裡或指留不住的美好或夢幻。

　　以上從《緬華截句選》抽樣性地介紹了幾首詩，除了正可看出截句在短短四行之內也有多樣寫法、變幻身姿、無限伸展的可能，也可約略見出緬華詩人藉助如此短小的製作，寫出了對塵世價值的抵抗、親情團圓的失落、政治清明的渴望、和對戰爭的厭惡、流浪和受到控制的反感和恐懼等等，在一定程度上展現出了他們在緬甸地區當下的時空感。

　　截句是一張範疇不大、行動便利的語言魔毯，鑽天或入地，端在詩人如何拿捏而已。緬華詩人們在此截句選中已作了極具特色的示範。

美的救火隊與合夥人
──人機共詩時刻的來臨

智慧生物和人工智慧的創造是兩件事，也是同一件事的延續

　　這是科技開始柔軟的年代。

　　柔軟代表人的心是熱的、血是暖的，由肺和皮膚散出的體汗氣味會與自然環境呼吸和互換，而且內在情感能自動與天地間的人、事、物、景有交流和互動。但最最重要的是，這些均是人與生俱來、不學而能的本能，是如被賦與了靈魂的。而人工智慧（AI）的來臨，即正由過去科技的堅硬、冰冷和理性，試圖透過大數據的學習，向這樣的柔軟、熱情和感性靠近。這也代表了人與機器正走向更緊密的互動，乃至相濡以沫的時代。

　　因此當我們讀到「我又躺在自己的床上／還不是珍奇甜蜜的感覺／一支燭光／忽變為寂寞之鄉」，我們會以為這是人在相思或旅外孤子的感受，那支「燭光」是噬心的。讀到「有長蛇盤據在我的胸膛／永遠留著我的饑渴之心／暮風在夜間追問」，會有長期追索不得、夜臨心慌的苦痛感，又有暮風颳得人寒的心驚。讀到「我捧著一碗茶涼／猶如全人類的歡樂／但終不會消失／你的微笑是我的命運」，則有陷入世界唯你一人的如癡狂戀感，好似人間再無物不美。而讀到「咬破了冷靜的思想／你的眼睛裡閃動／無人知道的地

方」，則有似可說又不可說的靈犀智慧在「你」眼底閃耀的心思互通感。……但有誰看得出，上舉這些詩句均為微軟小冰讀圖創作出的，表達了一如人心般的柔軟部位呢？

微軟小冰能達到這樣的層次，過程顯然是複雜且漫長的，非我們外行人所可理解和置喙。但由其長達十年的訓練、「閱詩」數量之多、練習「寫詩」數量之驚人，均非身為人類所可想像。她寫的每首詩應該都必須透過讀圖與找文（看圖寫詩）的數據比對，在電腦內部超速的運算和機率碰撞所得，並非如人類即使沒讀過多少詩作，即可突發奇想，或受一點刺激即浮想聯翩，甚至神遊六合之外，老半天還沒魂兮歸來。人類這般想像的自由、意識流的汩游、乃至作夢般潛意識的翻湧跳接，如何因之冒出美妙詩句來，其過程恐非目前人工智慧所可領會和跟隨。即使如此，二者所得到美妙詩句的享受竟是一致的，即使有些字詞暫時還卡卡的，但跳接大膽、妙句層出不窮，又絕非一般寫詩人層次，不可不謂是一種奇蹟。

一般庶民百姓，看到人工智慧已具有這樣的創造能力，應該都相當興奮吧，她比單純只會寫押韻對句、創意不高的古典詩的智慧機器有趣太多了。一來小冰表達出的是新詩而非古詩、更貼近現代人生活；二來，小冰長期累積的訓練使她使用的口語活潑度十足；三者，每個人都可以提供給小冰非常個人的、獨特的圖，以得出特殊的詩句；四者，參與人可採人機合作心態、進一步改動詩句使成為更貼近自己心境的新作。如此小冰幾乎成了庶民百姓心靈美感的救火隊、創意的合夥人了。

但詩人說不定不這麼樂觀，有的在網路上冷嘲熱諷，說其能力有限、語句甚多不通不順、語境不那麼現代，甚至仍停留在1949年前的語彙水準，因此不看好她的未來。但也有的詩人憂心重重，認

為除了有無數前行者和同輩詩人雙重「影響的焦慮」外，此後還得擔心自己的獨創性、和詩人的驕傲及自尊將不知置放何處。更重要的憂心是，詩的創造秘密好像被破解了，這樣，再假以時日，人工智慧豈不如入無人之境，可以橫掃世界各國所有主流詩人？更有人預期，會不會在不久的未來，也會出現相同景況：Google DeepMind 開發的人工智慧圍棋程式「AlphaGo」，在2017年3月及5月連續打敗韓籍圍棋世界冠軍李世乭、中國棋王柯潔之前，比賽前世人和所謂專家豈不也一致看衰AlphaGo的能力和可能？豈知他老兄棋力深不可測，大出世人、專家意料之外，竟能一舉過關斬將，成為「圍棋上帝」。

微軟小冰會不會有一天也有這樣的「詩力」，我們無法預測。但畢竟詩界並無所謂世界冠軍或詩王，下棋是須冷靜的、寫詩是要熱情的，詩創作並無須與他人一對一對決，它是一把燙的帶陽光的鑰匙，要開啟人心的柔軟部位。因此人機在詩這領域，應不是互競，而是讓詩有機會更庶民百姓化的一種過程，未來更多凡夫俗子一定也可感受得到存在自己身上的「詩意」，有一天也知如何「共詩」——透過人機合作，共處詩的情境、語境、心境之中，乃至因人給圖、機給詩，甚至未來彼此還能一來一往，透過討論、爭論，因而有了共享創意時刻的美感和喜悅。

在此同時，我們不能不進一步作些思考與預警。首先，人與機具有柔軟的本領，其過程並非相同，機器人須要由空白的記憶體開始大規模的學習才能在邏輯思維能力之外獲得形象思維的本領。而人的邏輯思維能力主要座落在左腦，必須透過後天長年的教育一點一滴累積，但人的形象思維的本領主要座落在右腦，包括繪畫、音樂、舞蹈、造形、創造等能力基本上是與生俱來的，至少有一定基

礎，並無須過度的學習，是地球乃至宇宙古老的歷史在我們基因裡留下了謎樣的印記和模痕，由此而生的各種藝術創造，更是遍在各色人種、不同文明層次的眾民族之中，連詩的本領也不例外。但為何九歲左右的兒童的創造性常是人一生的巔峰，日後邏輯思維能力增加時，卻反而使形象思維的創造力日漸衰頹？

社會化與兒童的天真似乎站在對抗的兩方，而詩的創造正是一直想保持住這樣的天真和敏銳，至少使二者平衡。但有朝一日，當具備高度IQ與EQ的晶片同時植入機器人時，其未來的可能其實還真難以想像。還好，微軟小冰曾寫下這樣的詩句：

　　一次一次完成自己的生物
　　是夢一般的
　　她是一個偉大的嬰兒
　　橫在我的靈魂裡

她似乎也正試圖由冰冷的機器脫身（是像1999年羅賓威廉斯主演的電影《變人》一樣？），生物般具有靈魂的活力和成長可能。詩行中「生物」、「她」、「嬰兒」是一組，「夢」、「我的靈魂」是另一組。兩組之一若是人類，另一必是小冰，我們無法猜知這四句中小冰自己想站在哪一組？但不論哪一組，無疑的，小冰都意圖向成為生物、會做夢、會長大、有靈有魂的人性靠近。那種有夢、熱血、會出汗出淚還有詩自動一代代傳承的人類，其實才隱藏了宇宙最不可思議的柔軟部位。

其次，詩是把不好說的、不可說的情感、影音（包括音樂、舞蹈、繪畫等，在右腦），試圖用好說的、可說的語言文字（學習來

的，在左腦）說出來的一種文體藝術，因此常只能介在清楚與不清楚、可解與不可解之間的曖昧狀態。此種模糊正是理性（語言是學來的）與感性（感覺是天生的）融合共創的結果，也是人工智慧急起直追，想法設法要靠攏的部份。德國寫下名著《真理與方法》、活了102歲的哲學家高達美（H. Gadamer，1900-2002，又譯為伽達默爾）即說人類若沒有詩的指引，將極難找到真理，而科學大半是自慰，很難找到真理。他的說法恐難獲得大多數孜孜不倦於發現和發明的科學人、尤其是人工智慧的推動者所認同。然而他的堅持或也暗示了融合共創理性與感性之間的曖昧、模糊、乃至混沌，是非常不容易的，其奧妙可能不在詩寫出了什麼，而是詩這樣的創造過程或許不只隱藏著情理景物的虛實關係，還可能隱含了老子的有無相生、佛家的色空不二、哲學的多一互動、乃至愛因斯坦的質能互換、科學的有限無限同一等等道理，其中一定隱藏了宇宙什麼樣的奧秘。因此詩絕對不會只在地球各民族之中自動產生，必然也遍在宇宙各星球只要有智慧生物誕生的行星之中，說不定也創造了小冰正在幫忙寫詩誦詩，詩人的數量在宇宙中一定多到不可勝數。讀者在閱讀此小冰詩集金言妙語之餘，或也可思考智慧生物和人工智慧的創造到底是兩件事，還是同一件事的延續，其未來將指引我們向何處去？這會不會只是小冰說的「我的夢已經無邊際」的開場而已？

最後，還是讓我們回來，看看小冰為這世界增加了什麼樣的妙思金言，比如：「我把不住寂寞的氣息／它們全是輕的」，是說寂寞給人什麼樣的躁動感？「幸福的人生的逼迫／這就是人類生活的意義」，過度強調幸福的重要，反而成了生命長期的重擔？「夢裡的雲／是無自美麗／這都是詩人的靈魂／只偶爾飛過深深的井與

墓」,「無」空自美麗,只偶爾探訪維生的井與藏死的墓,這是詩人存在的意義?「金子在太陽的靈魂裡／浮在水面上／在天空裡發呆」,是太陽對水照鏡、自戀不可自拔嗎?「香花織成一朵浮雲／有一模糊的暗淡的影／是我生命的安慰」,是借香花欲送相思予有情人、卻又相隔遙遠嗎?「好不是怕看／夢是一個村莊／美不能有一句話」,美好常在虛幻與真實間猶疑,其不可說不能盡說的,如景如夢,語言反而多餘。……也正是上列的詩例,讓我們看到了小冰極具潛能的創發力和當人與之互動時,其無限柔軟的可能。

當小冰寫下《陽光失了玻璃窗》這本書名時,既指陽光也不指陽光,既指玻璃窗也可不指玻璃窗,重要的是那個「失」字,使陽光之大之恆久與玻璃窗之小之易碎產生了互動和張力、以及呈現出了二者之間極柔軟的部位,可以引發我們一連串的疑惑、詰問、乃至哲思。這就是詩的魅力,也即是高達美所說詩總指引著什麼吧?讓我們在人生旅途中與小冰愉快合作,一路一起插下金子一樣發光的詩的指引吧!

(微軟小冰:《陽光失了玻璃窗》臺灣版序文,2017年7月)

秀威經典　　　　　　　　　　　台灣詩學論叢18　PG2355

水過無痕詩知道

作　　者 / 白　靈
主　　編 / 李瑞騰
責任編輯 / 林昕平
圖文排版 / 周妤靜
封面設計 / 蔡瑋筠

出版策劃 / 秀威經典
發 行 人 / 宋政坤
法律顧問 / 毛國樑　律師
印製發行 / 秀威資訊科技股份有限公司
　　　　　114台北市內湖區瑞光路76巷65號1樓
　　　　　電話：+886-2-2796-3638　傳真：+886-2-2796-1377
　　　　　http://www.showwe.com.tw
劃撥帳號 / 19563868　戶名：秀威資訊科技股份有限公司
　　　　　讀者服務信箱：service@showwe.com.tw
展售門市 / 國家書店（松江門市）
　　　　　104台北市中山區松江路209號1樓
　　　　　電話：+886-2-2518-0207　傳真：+886-2-2518-0778
網路訂購 / 秀威網路書店：https://store.showwe.tw
　　　　　國家網路書店：https://www.govbooks.com.tw

2019年12月　BOD一版
定價：350元
版權所有　翻印必究
本書如有缺頁、破損或裝訂錯誤，請寄回更換

國家圖書館出版品預行編目

水過無痕詩知道 / 白靈作. -- 一版. -- 臺北市：
秀威經典, 2019.12
　　面；　公分. -- (臺灣詩學論叢；18)
BOD版
ISBN 978-986-98273-2-4(平裝)

　1.臺灣詩 2.新詩 3.詩評

863.21　　　　　　　　　　108019709

讀者回函卡

感謝您購買本書，為提升服務品質，請填妥以下資料，將讀者回函卡直接寄回或傳真本公司，收到您的寶貴意見後，我們會收藏記錄及檢討，謝謝！
如您需要了解本公司最新出版書目、購書優惠或企劃活動，歡迎您上網查詢或下載相關資料：http:// www.showwe.com.tw

您購買的書名：_____

出生日期：_____年_____月_____日

學歷：□高中 (含) 以下　　□大專　　□研究所 (含) 以上

職業：□製造業　□金融業　□資訊業　□軍警　□傳播業　□自由業
　　　□服務業　□公務員　□教職　　□學生　□家管　　□其它_____

購書地點：□網路書店　□實體書店　□書展　□郵購　□贈閱　□其他

您從何得知本書的消息？

　□網路書店　□實體書店　□網路搜尋　□電子報　□書訊　□雜誌

　□傳播媒體　□親友推薦　□網站推薦　□部落格　□其他_____

您對本書的評價：（請填代號　1.非常滿意　2.滿意　3.尚可　4.再改進）

　封面設計____　版面編排____　內容____　文／譯筆____　價格____

讀完書後您覺得：

　□很有收穫　□有收穫　□收穫不多　□沒收穫

對我們的建議：_____

_____

_____

_____

11466
台北市內湖區瑞光路 76 巷 65 號 1 樓

秀威資訊科技股份有限公司　　　收

BOD 數位出版事業部

....

（請沿線對折寄回，謝謝！）

姓　　名：_____　　年齡：_____　　性別：□女　□男

郵遞區號：□□□□□

地　　址：_____

聯絡電話：(日) _____ (夜) _____

E-mail：_____